책의
맛

LE PALAIS DES LIVRES
by Roger GRENIER

책의 맛

로제 그르니에
백선희 옮김

Le Palais
des Livres

muintree
뮤진트리

▪ 일러두기

– 이 책은 Roger Grenier의 《Le Palais des Livres》(Gallimard, 2011)를 우리말로 옮긴
  것이다.
– 본문에 나오는 도서·영화의 제목은 원 제목을 번역 표기하는 것을 원칙으로 하되,
  국내에 번역 출간 및 소개된 작품은 그 제목을 따랐다.
– 옮긴이의 주는 줄표를 두어 표기했다.

‘시인들의 나라,

범죄는 행위의 이행이다. 그러나 신문이나 라디오 혹은 텔레비전을 통해 전해지는 범죄 뉴스는 행위를 이야기로, 언어로 전환한다.

그 전환은 쉽지 않다. 사회 뉴스를 소비하는 대중에겐 시작과 중간과 결말을 갖춘 이야기가 필요하다. 허구 같은데 사실이어서 더 짜릿한 짧은 소설이 필요하다. 현실이 그리 아름다운 논리를 갖추고 제시되는 경우는 드물다. 대개, 비극의 긴 탄생 과정이 언제 시작되었는지 알기란 불가능하며, 당사자들과 증인들의 말에서 일관성을 찾는 것도 불가능하다. 사실에 근거하지 않은 모호함이 동기와 정신상태를 가린다. '멍청이가 전하는, 잡소리와 격한 감정이 잔뜩 실린 이야기'라는 셰익스피어-포크너 식 상투적 표현이 기막히게 잘 들어맞는다. 그래도 리포터들은 잘 짜인 서사를 만들어내고, 오하원칙(누가, 무엇을, 언제, 어디서, 왜)에 대답한다.

프로이트도 오이디푸스 이야기를 다루면서 다르게 행동하지 않았다. 그는 상당히 복잡하게 뒤얽힌 이야기를 단순화하고 거기에 질서를, 자신의 질서를 부여했다. 조금만 더 거슬러 올라가 보면 라이오스에게 석연찮은 과거가 있기 때문이다. 그는 테베에서 쫓겨나자 엘레이아의 피사로 피신해 펠롭스의 집에 머물렀다. 그리고 고향으로 돌아올 수 있게 되자, 펠롭스의 서출庶出인 크리시포스를 함께 데리고 왔다. 라이오스가 동성애자라니! 혹자들의 말에 따르면 그는 심지어 남색男色의 시조였다! 그를 추념하기 위해 테베인들은 미소년들과 그 연인들로 구성된 성스러운 부대를 두었다. 크리시포스는 수치심에 자살했다고 한다. 그러나 펠롭스의 아내 히포다메이아가 크리시포스를 죽이러 테베로 왔다고 말하는 사람들도 있다. 왜일까? 아마도 계승 문제 때문으로 보인다. 게다가 히포다메이아는 펠롭스와의 사이에서 낳은 두 적자嫡子 아트레우스와 티에스테스를 시켜 크리시포스의 살해를 시도하려 했던 모양이다. 두 아들은 거부했다. 그러자 어느 날 밤, 그녀는 크리시포스가 라이오스와 함께 자던 방에 몰래 들어가 그 미소년의 배에 칼을 꽂았다고 한다. 하마터면 라이오스가 살해 혐의를 받을 뻔했다. 다행스럽게도 완전히 죽지 않은 크리시포스가 죽기 전에 그녀를 범인으로 지목했다고 한다. 그러나 너무 성급하게 단정하지는 마시라. 황급히 미케네로 피신한 아트레우스가 이 사건에 가담하지 않았음이 증명된 것은 아니니 말이다. 그리고 사람들 말에 따르면, 펠롭스도 그의 연인 포세이돈이 주었다는 날개 달린 전차 덕에—잘 기억해두자—전차 경주에서 히포다메이아의 아버지 오이노마오스를 이긴 뒤, 왕좌를 차지하고 히포다메이아와 결혼했다. 그러면 이오카스테는? 교살자 헤라의 여사제였던 그녀는 카드모스가 용의 이빨을 뿌린 뒤 땅에서 나온 남자들 가운데 한 사람인 그녀의 아버지 메노이케우스와 사이가 좋지 않았다. 늙은 메노이케우스는 예언자 테이레시아스가 지목한 사람이 오이디푸스가 아니라 자신이었다고 믿었다. 그래서 테베의 높은 담장에서 몸을 던져 자신을 희생했다. (오이디푸스도 카드모스가 씨 뿌린 남자였지만 3세대에 속했다.) 그리고 왜 오디세우스는 지옥을 방문했을 때 이오카스테를 찾았을까? 호메로스는 이오카스테에게 에피카스테라는 다른 이름을 붙인다. 그런데 근친상간 이야기에 얽힌, 클리메노스의 아내 에피카스테가 있다. 클리메노스는 딸 하르팔리케과 잠자리를 해 아이를 낳게 한다. 그리고 하르팔리케는 남동생이기도 한 아들을 요리해 클리메노스에게 먹인다.

　이런 이야기는 한없이 이어질 수 있을 것이다. 이미 어느 순간부터 우리는 도무지 갈피를 잡지 못하고 있다. 사회 뉴스 이야기는 어디서 시작될까? 그것은 어떤 혼란스러운 과거에 뿌리를 내리고 있을까? 가장 초보적인 인과론의 원칙을 지키며 제대로 구성한 이야기를 전달할 임무를 맡았을 때는 온갖 모순들을 어떻게 피해야 할까?

어느 나이 많은 정보 전문가에 관한 이야기를 들은 적이 있다. 그는 모든 종류의 사회 뉴스마다 일련의 표본 질문들과 미리 세워둔 설계도를 갖고 있었다. 범죄에 대한 설계도, 화재에 대한 설계도, 탈선에 대한 설계도 등을 모두 갖고 있었다. 모든 의문에 대한 답변을 듣지 못하고 돌아온 리포터는 화를 면치 못했다. 수위의 나이를 적어 오는 걸 잊은 경우엔 아무리 먼 외곽지대라도 즉각 다시 돌려보내졌다.

사실, 이런 신문기사·사회 뉴스에 대한 진술은 문학처럼 이루어진다. 작가는 잘 완결된 이야기를 들려주면서 세상에 질서를 부여한다. 폴 발레리는 범죄를 명확한 시간 속에서 파악하기란 불가능하다고 강조한다. "범죄는 범죄의 순간 속에 있는 것도, 그 직전에 있는 것도 아니다. 그것은 별것 아닌 환상처럼, 일시적 충동에 대한—혹은 권태에 대한—해결책처럼 행위와 멀리 떨어져 거리낌 없이 전개되는 훨씬 전의 심리 속에 자리하고 있다. 대개 온갖 가능성을 고려하고 그 가능성들을 구별 없이 구상하는 지적 습관에 의해 전개되는 심리 속에."[1]

발레리는 이런 말도 했다. "모든 범죄는 꿈을 닮았다. 저질러

지려는 범죄는 희생자 · 상황 · 구실 · 기회 등 필요한 모든 것을 스스로 만들어낸다."[2]

문학은, 스스로 주장하는 바와는 달리, 단순화하는 경향이 있다. 소포클레스가 이야기했고 프로이트가 활용한 오이디푸스의 비극은 르포르타주 방식으로 쓰였다. 그 비극은 놀랍게도 주의를 끄는 충격적인 문구로 시작하며, 다음과 같은 신문 특유의 언어로 말한다. "페스트에 시달리던 테베가 오이디푸스에게 구조를 청한다."

그리스 신화에서 오늘날의 사회 뉴스까지 그 정신은 달라지지 않았다. 표현방법만 변했다. 브롱크스나 브루클린 길바닥에 쓰러져 나뒹구는 갱단들을 밤낮으로 사진 찍은 뉴요커 위지는 그림을 연상시키는 명암 속에 포착한 강렬한 이미지들을 우리에게 제공해준다. 그는 망설임 없이 렘브란트를 원용援用한다!

신문과 라디오에서 꽃을 피운 사회 뉴스는 당연히 텔레비전에까지 번졌다. 처음에는 수줍게, 그러다 곧 점령자처럼 몰려들었다. 사회 뉴스는 그렇게 권력의 뜻을 거스를 수 있는 주제들을 제치고 텔레비전 뉴스를 온통 채우고 있다. 사회 뉴스는 특별 방송에서 급증한다. 그러나 깜짝 놀랄 배경 속 인물들의 진부하고

---

1) 《있는 그대로》, 《발레리 전집》 2권, 갈리마르 플레야드 총서, 1960년, 507쪽.
2) 같은 책, 507쪽.

추하고 어리석은 실상을 드러내는 날것 그대로의 이미지는 이야기와 대조된다. 대개 리포터는 사실을 정리해서 조리 있는 이야기를 만들어 사람들이 제기하는 의문들을 풀어주는 데 별 어려움을 겪지 않는다. 케네디 대통령의 죽음이 생중계된 이후, 루비가 오스왈드에게 총을 쏘는 장면 역시 수십 차례 중계되었다. 아마도 시청자들은 그 장면을 그렇게까지 보고 싶어하지는 않았을 것이다. 그 영상들은 끝내 밝혀지지 않은 그 음모를 밝히는 데 눈곱만큼도 도움이 되지 못했다. 텔레비전은 물질적 진실에 다가갈수록 의미에서 멀어진다.

한 단계 뛰어넘어, 리포터 레몽 드파르동은 경찰서를—실제로—촬영할 때 마치 허구를 촬영하는 영화인처럼 행동한다. 특히 그는 자신의 이야기를 설계하기 위해 시간을 활용한다. 이를테면 시간의 길이를 가지고 노는 그의 방식 때문에 한 여자가 그를 고소한 적도 있다. 대단히 평범하고 정상적으로 보이지만 실은 균형을 완전히 잃은 것으로 점차 드러난 그의 방식 때문이었다.

저널리즘은 정의와, 그리고 대다수의 인간들과 의견을 같이한다. 그들은 인간이 논리적이기를, 그리고 죄를 짓더라도 논리적 행동만 하기를 바란다. 그들은 열정의 순간에 저질러진 행위를 이성의 잣대로 잰다. 사회 뉴스 속 슬픈 주인공이 일관된 생각을 하게 만들고, 그의 사례를 합리적 버전으로 만들어내는 데 모든 노력을 기울인다. 그들은 흡사 "부모를 살해한 자식의 감정"[3]을 이해하려고 애쓰는, 사랑스러운 아들 앙리 반 블라렝베르그가 어떻게 자기 어머니를 살해하려는 광기에 사로잡힐 수 있었을까를 묻는 마르셀 프루스트 같다.

반대로 나는 폴 발레리처럼 범죄는 무엇보다 무의식 속에 자리한다고 생각한다.

사회 뉴스fait divers. 《프랑스어 보감寶鑑》에 따르면, 이 단어는 1859년부터 확인되었다. 퐁송 뒤 테라이가 쓴 책 《로캉볼》 5권에서 발견할 수 있다. 1829년에 출간한 《로마 산책》에서 스탕달은 '리포터reporter'라는 영어 단어를 쓰고 있다. 르포르타주라는 말은 1865년부터 발견된다. 이탈리아어로 사회 뉴스는 '검은 기사 cronaca nera'이다. 우리가 좋아하는 끔찍한 먹을거리를 매일 우리에게 안겨주는 기사이다. 보들레르와 프루스트는 이 관능적 쾌락의 일용日用에 대해 이야기한 바 있다.

보들레르는 말했다. "아무 날 또는 아무 달 또는 아무 해에 어떤 잡지를 뒤적이더라도, 거기서 성실과 선의와 자비에 대한 참으로 놀라운 허풍과 진보와 문명에 대한 더없이 뻔뻔한 주장, 그리고 동시에 더없이 불쾌한 인간의 도착 성향을 페이지마다 발견하지 않기란 불가능하다. 모든 신문은 첫 문장부터 마지막 문

---

3) 〈아버지를 살해한 자식의 감정〉, 《생트뵈브 반박》, 갈리마르 플레야드 총서, 1971년, 150쪽.

장까지 잔악한 이야기로만 짜여 있다…. 개화된 인간은 매일 아침 식사 때마다 그 혐오스러운 식전주를 곁들인다. 신문·담벼락·인간의 얼굴 등, 이 세상 모든 것이 범죄를 발산한다. 순수한 사람이 혐오로 몸을 떨지 않고 신문에 손댈 수 있다는 것을 나는 이해할 수 없다."[4]

그리고 프루스트는 (보들레르를 슬쩍 인용하며) 말했다. "(…) 신문읽기라 불리는 추악하고 선정적인 행위를 수행한다…. 지구의 온갖 비참과 우리를 갈라놓는 〈피가로〉 지의 허술한 고무줄을 무심히 끊고 숱한 존재들의 고통이 '구성요소로 들어 있는' 선정적인 뉴스들을 읽자마자 우리는 별안간 실존과 다시 결부된 듯해 기분이 좋아지고, 아직 신문을 읽지 않은 사람들에게 곧 그 뉴스를 전달할 생각에 무척 즐거워진다. 잠에서 깨어났을 때만 해도 다시 붙들 필요가 없어 보인 실존인데 말이다.[5]

사회 뉴스는 일종의 예술로 간주되는 살인이다. 신문 독자들은 모두 드 퀸시가 말하는 살인 전문가 협회의 회원들을 닮았다.[6] 잔혹한 사건 기사를 읽을 때, 독자들은 "그림이나 조각상, 또는 그 밖의 예술작품을 대하듯" 비평을 한다. 그것은 변태적 즐거움이다. 근사한 사회 뉴스를 즐기는 사람이 살인 예찬 건너

---

4) 《벌거벗은 내 마음》,《보들레르 전집》1권, 갈리마르 플레야드 총서, 1975년, 705쪽.

5) 〈아버지를 살해한 자식의 감정〉, 앞의 책, 154쪽.

6) 《예술로 간주되는 살인》, 갈리마르, 1963년.

편에 신중하게 자리하고 있을지라도 말이다. 그는 공모자가 아니라 관음증 환자일 뿐이다.

사회 뉴스에는 두 예술가가 필요하다. 범죄자와 희생양이다. 왜냐하면, 드 퀸시가 지적했듯이 "살인하는 자와 살인당하는 자, 이 두 멍청이"는 한번도 흥밋거리를 제시한 적이 없기 때문이다. 드 퀸시는 경멸을 섞어 이렇게도 말한다. "나이 많은 여자들과 신문 독자들은 피만 충분히 흐른다면 무엇에든 만족할 것이다. 그러나 예민한 정신은 그 이상을 요구한다. 살인자와 희생양이 있다면 제삼자를 잊지 말아야 한다. 바로 없어서는 안 될 리포터이다. 리포터는 새로운 테라멘[7]처럼 사건을 멋들어지게 이야기한다."(드 퀸시는 1818년과 1819년에 신문 〈웨스트몰랜드 가제트〉의 편집장을 맡아 살인자와 범죄사건 이야기로 지면을 가득 채웠다.)

마치 죽음만이 우리의 흥미를 끄는 것 같다.

포크너의 소설 《파일론》에 나오는 이름 없는 유령 리포터도 스스로를 격려하며 이렇게 말하지 않나. "자, 우리는 먹어야만 하고, 다른 사람들은 읽어야만 해. 그런데 정사情事와 피를 제거해버린다면 우리 모두는 대체 어디에 있게 되겠어?"

그 리포터를 매료하는 것은 초라한 세 비행사의 삶과 사랑이다. 편집장은 신문을 만드는 데 싱클레어 루이스나 헤밍웨이, 체

---

7) 라신의 희곡 《페드르》의 등장인물―옮긴이

호프는 필요 없다고 그에게 응수한다. 독자들이 원하는 건 소설이 아니라 정보라는 것이다. 편집장의 말이 전적으로 옳은 것은 아니다. 왜냐하면 그 리포터는 "재앙에 대한 천부적 재능"을 지녔기 때문이다. 그가 가는 곳마다 드라마가 피어난다. 편집장이 그에게 고함을 지르는 순간, 두 남자와 한 여자로 이루어진 비행사 트리오는 신문의 관점에서 흥미롭지 않다. 그러나 리포터가 그들을 다루기만 하면 철탑 뒤에서 주검이 튀어나온다. 따라서 그들은 장르의 상투적 전형stéréotype을 따르는, 대단히 적절한 사회 뉴스의 주인공이 될 것이다.

'상투적 전형'은 정확한 말이다. 1936년의 한 기사에서 클로드 루아는 이미 〈파리 수아르〉 같은 신문과 라디오의 절대 권력에 대해 불평한다. 그가 그 언론들을 비난하는 것은 그들이 부도덕을 퍼뜨려서가 아니라, 선택권을 남기지 않고 우리 모두에게 획일화된 문란을 강요하기 때문이다. "〈파리 수아르〉의 독자를 위협하는 것은, 국영 라디오 청취자나 영화 관객과 마찬가지로, 단지 그들이 활용하는 항구적 에로티시즘만이 아니라 다채로운 중범죄들과 다양한 뉘앙스 가운데에서 자신의 성격이나 기질·취향에 맞는 자유로운 선택이 허용되지 않는다는 사실이다."

독자는 상투적인 것을 좋아한다. 사회 뉴스의 주인공도 마찬가지이다. 공공의 적, 질투 많은 여자, 기발한 사기꾼, 자신이 아르센 뤼팽인 줄 아는 강도 등 사회 뉴스의 주인공은 대개 매우 잘 알려진 역할에 자신을 끼워 맞춘다. 그리고 자신의 죄가 각색되어 당당한 작품의 주제가 되면 의상을 갖춰 입고 중죄재판소에서 공연을 하게 될 날까지 그 역할에 맞게 처신한다. 나는 피고들이 그 공연장에서 허세 부리는 배우처럼 행동하며 자리에서 일어나 틀에 박힌 말을 쩌렁쩌렁 울리게 읊어대는 모습을 자주 보았다. "존경하는 재판장님, 그리고 배심원 여러분." 판사·검사·변호사들에겐 인상과 목소리의 효과가 제2의 천성이자 밥벌이 수단이 되어버렸다.

기자 시절, 통신사에서 보내준 통신문 몇 통을 가지고 밤사이 기사 한 편을 써야 했던 적이 있다. 소유욕 강한 여자가 직업이 방사선 기사인 남편을 죽인 사건이었다. 그녀는 오 년 전에 자기를 떠난 남편을 증오심 때문에 또는 사랑 때문에 쫓아다녔다. 상황이 너무 진부해서 많은 정보가 필요 없었다. 나는 더없이 진부한 심리학의 도움을 받아 모든 것을 쉽게 지어냈다. 그런 것을 지어냈다고 말할 수 있는지 모르겠지만. 그리고 어느 정도 확신이 느껴지도록 내가 개인적으로 겪은 골치 아픈 일도 슬쩍 끼워넣었다. 이어진 며칠 동안 수사가 진행되고 그 사건의 전모가 드러나면서, 첫날 저녁 내가 살인자의 감정과 동기에 관해 상상한 것이 정확했음이 밝혀졌다. 그 여자는 남편에게 지옥 같은 삶을 안겼다. 그녀는 줄곧 악랄했다. 그러나 악인들은 자신이 그렇다는 걸 알지 못한다. 그녀는 남편을 붙잡지 못한 것이 자기 잘못임을 받아들이려 하지 않았다. 그리고 마침내 사냥총으로 남편의 머리통을 날리면서, 그가 자기에게서 더이상 벗어나지 못할 거라고 말했다. 그는 영원히 그녀의 소유였다. 내 공로는 크지 않았다. 살인자가 사랑이나 증오에서 독창성을 거의 보여주지 않았던 것이다. 신화를 토대로 창작하다 보면 현실을 만나게 된다.

대개 시시하고 지능이 평균 이하인—그렇지 않다면 잡히지 않았을 테고, 사람을 죽이거나 훔치는 것 말고 자기 문제를 해결하기 위한 다른 해결책을 생각해냈을 테니까—사회 뉴스의 주인공은 자신이 영웅으로 변한 걸 알고 누구보다 먼저 놀라고 감탄한다. 그는 '신문 속에' 있다. 시골 식당에서 일하는 한 여자가 길에서 기절했던 일을 나에게 이야기해준 적이 있다. 사람들이 그녀를 구하러 왔고, 그녀의 가방 속에서 수면제 통을 발견했다. 사람들은 그녀가 자살을 기도했다고 결론 내렸고, 지역 신문에도 그렇게 실렸다. 그 여자는 마치 영화를 보다가 자신이 여주인공 역할을 하고 있는 장면을 보기라도 한 것처럼 아연실색했다. 그녀는 명사가 되었다.

《특성 없는 남자》에서 무질은 살인자 모스브루거에 대해 이렇게 말한다. "허영심 때문에 잔뜩 바람이 든 그는 재판 때 자기 인생의 가장 위대한 순간들을 보았다."

미디어가 자신의 인격과 행위들을 왜곡하고, 이어서 거대한 사법기관이 그것들을 낱낱이 해부하자, 피고는 그 모든 것에서 자신의 자아를 알아보지 못하고 초월적인 어떤 것에 지배당하는 느낌을 받는다. 그리하여 드미트리 카라마조프는 재판이 끝나갈 무렵에 외친다. "내 머리 위에서 신의 손길이 느껴진다!"

　소설과 마찬가지로, 사회 뉴스는 독자가 자기 자신을 이해하도록 도울 수 있는 이야기이다. 적어도 그것은 독자에게 하지 말아야 할 행동, 나쁜 해결책이 무엇인지를 보여준다. 다른 사람을 죽이거나 자기 자신을 죽여야만, 아니면 둘 다를 죽여야만 빠져나갈 수 있는 막다른 골목에 처한 사람들이 어떻게 해서 파멸에 이르는지를 보여준다. 삶의 함정들이 우리를 어떤 절망의 구렁텅이 속에 붙들어둘 수 있는지를.

　게다가 이 보잘것없는 서사 장르는 문학과 세상에 대한 우리의 비전을 바꿔놓는 방식을 따른다. 예전에는 하찮은 사회 뉴스를 '차에 깔린 개chiens écrasés'라고 불렀다. 요즘 텔레비전 뉴스의 기자들은 그것을 '쓰레기통 화재incendies de poubelles'라고 부른다. 개에서 쓰레기통으로, 생물에서 무생물로의 변화에서 우리 시대의 비인격화 추세를 보는 것 같다.

　마찬가지로, 내가 보기에 전쟁 직후 실존주의 시대의 가장 큰 본보기가 된 사회 뉴스는 카뮈의 《오해》에 영감을 제공한 사회 뉴스 같다. 여인숙 여주인과 딸이 여행객들을 죽이고 금품을 턴다. 여인숙 여주인의 아들은 외국에서 오랫동안 지내다 고향으로 돌아오는데, 장난삼아 자기를 알아보지 못하게 변장한다. 여자들이 그를 죽이고, 얼마 후 사실을 알게 된다. 여자들은 자살한다. 이 뉴스에서 심리 묘사는 전혀 찾아볼 수 없다. 부조리한 상황만 있을 뿐이다. (훗날 카뮈는 적어도 작가로서 자신은 희곡에서 '심리 묘사'에 관심을 갖지 않는다고 쓴다. 그리고 그 단어에 강조부호를 붙인다.)

그 시대의 천재 작가는 심리적 사회 뉴스와 상황적 사회 뉴스 사이에서 후자의 손을 들어준 것 같았다. 그런데 나탈리 사로트는 《불신의 시대》[8] 도입부에서 황송하게도 나의 이런 의견에 반론을 제기했다.

날것 그대로의 사회 뉴스는 기자의 펜 아래에서 일차 정제 과정을 거친 뒤 종종 추가 증류 과정의 혜택을 입는다. 그렇게 정련되고 정제된 뒤 문학으로 들어선다. 롤랑 바르트는 《비평 에세이》에서 사회 뉴스가 어떤 면에서 단편소설과 유사한지 보여준다. 둘 모두 모든 것이 주어진다. "상황 · 원인 · 과거 · 결말…" 조금 더 나아가면 사회 뉴스가 단편소설이라는 문학 장르의 기원과 긴밀하게 연결되어 있다고 말할 수 있다. 1554년 롬바르디아 출신 도미니크회 수도사 마테오 반델로는 범죄와 난폭한 죽

---

8) 갈리마르, 《에세이 80》, 1956년, 9쪽.

음에서 영감을 얻고 현실에서 길어낸《노벨레》를 출간한다. 얼마 뒤인 1559년 프랑스에서는 피에르 보에스튀오가《비극적인 이야기》모음집을 출간한다. 이는 일반적으로 단편소설의 시조로 여겨지는 보카치오의《데카메론》과 마르그리트 드 발루아의《엡타메론》의 정신과의 결별을 의미한다. 이후 이 장르는 두 갈래로 분리된다. 한쪽에는 유쾌하고 가벼운 이야기가 있고, 다른 한쪽에는 비극적이고 감정적인 사회 뉴스가 있다. 17세기 초에 가장 큰 성공을 거둔 작품 가운데 하나인 프랑수아 드 로세의 작품은 《많은 사람들의 애통한 죽음을 다룬 우리 시대의 비극적 이야기들》이라는 웅변조의 긴 제목을 달고 있다. 새로운 양식의 이 단편들은 '우연한 상황' 속에서, 그리고 황색 언론의 첫 버전인 '유언비어' 속에서 풍성한 재료를 발견한다. 이런 언론이 성공을 거두는 것을 보면 우리 시대나 그 시대나 대중은 더 많은 피와 폭력을 요구하는 것 같다. 얼마 후, 월간지〈르 메르퀴르 갈랑〉은 사회 뉴스와 아울러 종종 사회 뉴스에서 영감을 얻은 단편소설들을 게재해 성공을 거둔다.

17세기에 이르러, 저널리즘은 사회 뉴스를 활용하는 상당히 놀라운 방식을 생각해낸다. 꽤나 익살스러운 운문으로 사회 뉴스를 이야기하는 방식이다. 운율을 맞춘 이 기사는 처음에는 부유한 남자 또는 여자 후원자의 뜻에 따라 작성되었다가, 시간이 흐른 뒤에는 대량 인쇄되어 대중이 정기적으로 볼 수 있게 된다.

스카롱 · 장 로레 · 샤를 로비네 · 라 그라베트 드 마욜라 · 쉬블리니가 가장 널리 알려진 작가들이다. 한 편을 예로 들어보겠다.

어느 날 한 시골 아주머니
장에서 물건을 판 뒤
나귀에 올라타고
몽모랑시 쪽의
집으로 돌아가던 길에
사기꾼 다섯 놈을 만났네
처음엔 놈들이 물건만 빼앗았지만
젊고 반반한 아낙 얼굴에
꿈틀 사악한 범심이 일어
가련한 아낙마저 범했다네….

일본의 경우, 18세기 지카마스의 극작품 여러 편이 실제 사회 뉴스에서 영감을 얻은 것이다. 무척 놀라운 사실은 사건이 일어나고 겨우 몇 주 뒤에 작가가 그 작품들을 썼다는 것이다. 작가들이 실제로 일어난 비극에 빚을 진 경우를 집계하자면 끝이 없을 것이다. 엠마 보바리의 자살만 해도, 쿠튀리에라는 성姓으로 태어났으며, 죽은 뒤 노르망디 지방 리Ry라는 작은 마을에 묻힌 델핀 들라마르의 이야기에서 영감을 얻었다. 우리 독자들은 또 무엇을 기대할까? 단테의 이야기에서 질투심에 사로잡힌 남편에게 애인과 함께 살해당한 프란체스카 데 리미니의 일화만 아는 사람이 우리 가운데 몇이나 될까? (프란체스카와 파올로가 어떤 책 때문에 불륜관계가 되었다는 사실을 짚고 넘어가자. 아서 왕의 왕비 기네비어와 랜슬롯의 사랑 이야기가 담긴 책 말이다. 이렇듯 사회 뉴스는 또 다른 사회 뉴스에 영감을 준다. 그것이 문학이나 대중 언론으로부터 성스러운 인정을 받기만 한다면.) 이 일화가 감상적인 사람들뿐만 아니라 단테를 전공한 학자들―이들 또한 감상적인 사람들인지도 모르지만―에게서도 많은 논평을 끌어낸 것은 우연이 아니다. 1891년부터 1900년까지 십 년간의 참고문헌을 정리해보면《지옥편》의 이 다섯 번째 노래에 관한 연구가 백 편도 넘는다.

신문들은 사회 뉴스와 문학 사이의 이런 유사성을 이해했다. 적어도 어렴풋이나마 짐작했다. 전쟁 전 〈파리 수아르〉는 작가들, 특히 아카데미 프랑세즈 회원인 작가들을 대★리포터로 고용해 명성을 높이려 했다. 타로 형제도 그런 작가에 속했다. 그러나 제롬과 장 타로는 느리기로 유명했다. 그래서 반사신경이 민첩한 진짜 기자 한 명을 그들에게 딸려 보낼 수밖에 없었다. 앙드레 살몽이 이야기한 바에 따르면, 타로 형제는 르망에 파견되어 파팽 자매의 재판 과정을 취재했는데 무려 나흘이나 늦게 방청 소감을 보냈다고 한다.

사회 뉴스의 최대 소비자는 아마 스탕달일 것이다. 그는 〈쀠블리시스트〉 〈르 주르날 드 파리〉 〈르 주르날 뒤 수아르〉에서 사회 뉴스를 집어삼킬 듯 섭렵했다. 심지어 그것이 건강에도 좋다고 생각하기까지 했다. 《라미엘》에서 상팽 박사는 대단히 아픈 젊은 여자를 위해 〈라 가제트 데 트리뷔노〉를 정기구독하게 해준다. "보름이 채 지나지 않아 라미엘의 창백한 안색에 혈기가 도는 것 같았다…." 게다가 라미엘은 결국 라스네르를 모델로 삼은 강도 발베르를 사랑하고 공모자가 된다.

공화력 12년 수확의 달 24일(1804년 7월 13일), 스탕달은 좋아하는 신문들을 읽고 나서 이렇게 기록한다. "이탈리아 제노바 부근에서 오셀로의 파멸과도 같은 사건이 일어났다. 질투심에 눈먼 한 남자가 빼어난 미모의 15세 연인을 죽이고 도주한 뒤 편지 두 통(기념비적인 소중한 자료이니 토리노 출신 친구 플라나에게 구해달라고 부탁할 것)을 쓴다. 그리고 자정 즈음에 연인의 시신이 안치된 예배당으로 돌아와 연인을 죽인 권총으로 자살한다.

이 사건에 관한 진실을 찾아볼 것."

스탕달은 다음과 같은 기이한 결론을 덧붙인다. "감미로운 이탈리아가 다른 어느 곳보다 감정을 진하게 느끼는 나라, 시인들의 나라라는 사실을 나에게 더욱더 입증해주는 이야기이다."[9]

---

9) 《일기》, 《사적인 작품들》 1권, 갈리마르 플레야드 총서, 1981년, 96쪽.

앙투안 베르테의 범죄가 《적과 흑》에 영감을 준다. 원고에 옮겨진 오래된 중범죄는 《이탈리아 야담》을 낳고, 《파르마의 수도원》의 출발점이 되었다(《파르네제 가문의 기원》). 그 끔찍한 이야기들, 예를 들어 바이아노 수녀원 이야기는 "인간의 마음에 관한 흠 잡을 데 없는 정보"를 제공한다고 스탕달은 힘주어 말한다. 첫 책 《하이든, 모차르트 그리고 메타스타시스의 삶》을 출간한 이후로 스탕달이 비극적인 사회 뉴스를 맛보게 하지 않은 작품은 없다. 이 첫 작품을 위해 그는 쇼롱과 파욜의 《음악가들에 관한 역사사전》에 나오는 17세기 가수 스트라델라의 비극적 사랑 이야기를 거리낌 없이 차용한다. 이 가수는 베네치아에서 로마 귀부인 오르텐시아를 납치하는데, 그 뒤로 두 사람의 삶은 질투심에 사로잡힌 남자가 보낸 암살자들로부터의 끝없는 도주, 놀라운 우여곡절을 겪는 도주로 이어진다. 생장드라트랑에서 암살자들은 가수의 목소리와 아름다움에 감동해 눈물까지 흘리며 그들을 살려준다. 그러나 몇 달이 흐르고 몇 년이 흘러도 복수의 욕망은 꺼지지 않아, 어느 날 두 사람은 제노바에서 단도에 찔려 죽은 채 발견된다. 이 사회 뉴스가 마음에 쏙 든 스탕달은 《로시니의 삶》에 그 내용을 미화해서 쓴다.

《이탈리아와 로마·나폴리·피렌체 미술의 역사》에도 사회 뉴스가 쓰였다. 《로마 산책》은 사회 뉴스로 넘쳐난다. 가장 놀라운 것은 이 로마 가이드북 한가운데에 타르브에서 벌어진 중죄

재판에 관한 대단히 긴 보고가 느닷없이 끼어든다는 점이다. 연인을 죽인 죄로 고발된 바네르드비고르 출신 청년 아드리앙 라파르그의 재판이다. 희생자보다 살인자에게 더 호감이 가는 흥미로운 재판이다. 피고는 재판에서 5년형을 선고받는다. 법정 밖으로 끌려나가기 전, 그는 청중을 돌아보며 외친다. "이 도시의 성실하고 존경스러운 주민 여러분, 여러분이 제게 보여주신 다정한 관심을 잘 알고 있습니다. 여러분은 제 마음속에 영원히 살아 계실 것입니다!"

스탕달, 혹은 스탕달이 옮겨 적은 법정 연대기의 작가는 이렇게 덧붙인다. "울먹이느라 그는 목이 메었다. 다시 박수갈채가 쏟아졌고, 군중이 그를 향해 몰려들었다."[10]

라파르그 사건은 《적과 흑》의 또 다른 원천이 된다. 이번에는 이탈리아가 아니라 프랑스가 '시인들의 나라'가 된다.

우리는 '시인들의 나라'라는 표현에 동조하고 싶어진다. 꿈꿔온 행위. 누군가가 용기 내어 그 행위를 행동에 옮겼고, 그 행위는 종이와 잉크의 형태로, 경찰서들을 전전하는 임무를 맡은 무명 리포터의 초보적 기술을 통해서나마 의례처럼 찬양받고 승화되어 당신에게 돌아온다. 상상력을 위한 엄청난 도약대다! 바로 여기에 패러독스가 있다. 상상력이 부족한 존재가 범한 행위가

---

10) 《로마 산책》, 《이탈리아 여행》, 갈리마르 플레야드 총서, 1973년, 1069쪽.

우리의 상상력을 자극하니 말이다. 사회 뉴스 전체가 그야말로 '시인들의 나라'이다.

기다림과 영원

나는 순수한 상태의 기다림을 경험해보았다고 생각한다. 무언가를 기다리지 않는 기다림 말이다. 아무것도 기다리지 않는 기다림. 그것을 경험한 사람이 아마 나 혼자만은 아닐 것이다. 심지어 그런 사람이 수백만 명은 될 것이다. 그런 기다림은 군인들이 경험하는 기다림이기 때문이다. 당신은 군인이다. 그리고 이런 명령을 받는다. "집결!" 그들은 당신을 줄 세우고, 병영의 다른 구역까지 걷게 한다. 거기까지 가면 이렇게 말한다. "대기!" 무엇에 대기하라는 걸까? 알 수 없지만 그런 것엔 신경 쓰지 않는다. 아무렇든 상관없기 때문이다. 어쩌면 고된 사역이 기다리고 있을지도 모르고, 어쩌면 아무 일 없을지도 모른다. 결국 군인의 삶에서 최고의 순간은 정렬해서 점호를 하고 "대기!" 소리를 듣게 될 순간을 기다리며 침대에서 설핏 잠든 순간이다. 기다림에 대한 기다림의 순간이다.

전투복 차림의 졸병은 겉모습은 다를지라도 이탈리아 화가 피에로 델라 프란체스카의 인물들을 닮았다. 차가운 모습 그 자체로 과거도 미래도 없는 인간의 영원한 순간을 살고 있음을 보여주는 인물들. 그들은 그저 존재할 뿐이다.

대상 없는 기다림의 순간들을 아우르는 군인 상태의 언저리는 매우 긴 기다림의 기간, 우리가 살아볼 만하다고 여기지 않는, 나중에 다시 시작하거나 다시 살게 될 진짜 삶이 아니라고 생각하며 괄호 속에 집어넣는 삶의 전형적인 파편 가운데 하나이다. 어디였는지 지금은 생각나지 않지만, 우리 두 졸병은 병영의 막사 주위에 화단을 파는 잡일을 맡고 있었다. 내 동료는 코르시카 섬의 목동이었는데, 얼마나 원시인 같았는지 우리 사이에서 전설적인 인물이었다. 무슨 이유인지 그가 삽자루에 턱을 얹은 채 꼼짝하지 않았다. 하사관 한 명이 지나가다가 그에게 물었다. "뭘 기다리고 있나?"

그러자 엄청난 분노가 목동의 영혼을 사로잡았다. 그는 웅변하듯 외쳤다. "내가 뭘 기다리느냐고! 내가 뭘 기다리느냐고 묻다니! 빌어먹을, 삼 년째 제대를 기다리고 있다고!"

기다림은 우리가 실존에서 지우는 무엇이다. 한 동화가 놀라운 방식으로 보여주듯이, 우리는 그렇게 함으로써 자신을 속인다. 어린아이에게 마법의 실패를 준다. 자기 삶을 빨리 흐르게 하고 싶으면 아이는 실을 살짝 감기만 하면 된다. 기다리는 것이 지루해지거나 앞으로 일어날 일이 알고 싶을 때 아이는 실을 감는다. 그러면 아이는 빨리 늙고, 곧 실이 다 풀려 죽음의 문턱에 서게 된다. 마음에 들지 않는 날들을, 기다림의 시간을 중시하는 것을 거부할 때 우리에게 닥치는 결과가 바로 이것이다.

사실 조급증은 기다림의 가장 친근한 짝이다. 조급증은 오디션을 보는 배우나 구술시험 지원자가 느끼는 긴장보다, 판결을 기다리는 피고나 의사의 진단을 기다리는 환자가 느끼는 불안보다 더 자주 기다림을 동반한다.

카뮈의 소설 《이방인》에서 뫼르소는 자신이 얼마나 진짜 '이방인'인지 드러낸다. 선고를 앞둔 기다림이 그에게는 그저 흘러가는 시간일 뿐이다. 그 기다림엔 어떤 감정도 깃들지 않는다. "우리는 모두 기다려야 했다… 무척 오랫동안, 아마도 사십오 분 가까이 기다렸다."

반면 미슈킨 공작에게 죽음을 기다리는 사형수의 기다림은 견디기 힘든 것이다. 그는 확신에 차서 이런 역설을 주장한다. "고문당하는 사람을 상상해보십시오. 통증·상처·육체적 고통이 정신적 고뇌를 달래줍니다. 그래서 환자는 죽는 순간까지 육체적 고통만 겪습니다. 그런데 가장 잔인한 형벌은 상처가 아니라, 한 시간 뒤, 십 분 뒤, 일 분 뒤 영혼이 육신을 떠나가리라는 확신, 인간의 삶이 끝나고 돌이킬 수 없게 되리라는 확신입니다. 끔찍한 것은 바로 이런 확신입니다. 가장 무서운 순간은 단두대의 칼날 아래 머리를 집어넣고 단두대가 미끄러져내리는 소리를 듣게 될 그 찰나입니다."

공작은 이런 말로 결론을 내린다. "어쩌면 세상 어딘가에 사형을 언도받고 그런 식으로 고문을 받은 뒤, '가라, 넌 사면이야!'라는 말을 들은 사람이 존재할지도 모릅니다. 그런 사람이라면 자신이 느낀 바를 직접 이야기할 수 있겠지요. 그리스도께서 말씀하신 것이 바로 그런 고통, 그런 불안입니다. 안 됩니다! 우리에겐 인간을 그런 식으로 다룰 권리가 없습니다!"[11]

'세상 어딘가에' 존재할지 모르는 그 사람을 멀리서 찾을 필요가 없다는 것을 우리는 잘 알고 있다. 그 사람은 바로 도스토옙스키이다. 그는 사형선고를 받고, 1849년 12월 22일에 사형의식을 모두 치렀다. 그리고 그 경험을 자신의 형 미하일에게 이렇게 이야기했다. "우리는 세메놉스키 광장으로 끌려갔어. 거기서 사형선고문을 읽더군. 그리고 우리에게 십자고상十字苦像에 입 맞추게 하더니 우리의 머리 위에서 우리 칼을 부러뜨렸고, 죽기 전에 몸단장을 해주었지(흰 셔츠로). 그런 다음 우리 가운데 셋이 처형대에 매달렸어. 셋씩 불려나갔지. 난 둘째 줄에 서 있었기 때문에

---

11) 《백치》, 갈리마르 플레야드 총서, 1953년, A. 무세 번역, 26~27쪽.

살 시간이 일 분밖에 남지 않은 상태였어."[12]

그는 《백치》에서 한 번이 아니라 두 번 사형수의 마지막 순간을 묘사했다.

균형을 맞추기 위해, 평범하지 않은 어떤 인물이 나에게 한 고백을 들려주겠다. 그는 형리 보조로, 형리 데블레르, 데푸르노, 오브레흐트의 조수로 연이어 일했다. 그는 첫 번째 형리와 세 번째 형리를 좋아했지만, 두 번째 형리는 좋아하지 않았다. 두 번째 형리에 대해 그는 이렇게 말했다. "그 사람은 단두대에 미친 사람이에요. 집에서도 외투 차림에 모자를 쓰고 만반의 준비를 갖추고 앉아 때때로 며칠씩 호출을 기다리곤 했어요."

사형에 대한 또 하나의 이야기가 나의 상상을 자극한다. 왜냐하면 내가 태어나던 날에 일어난 일이기 때문이다. 그날 다눈치오가 피우메에서 광대 연기를 하고 있을 때, 피에르 르누아르라는 간첩 한 명이 총살당했다. 세계대전은 끝났지만, 반역자들의 처형이 계속되고 있었다. 〈르 주르날〉은 냉소를 실어 이렇게 썼다. "피에르 르누아르가 지난 5월 8일에 사형선고를 받았다는 사실을 떠올려보라. 그는 139일을 기다린 것이다.

"피에르 르누아르는 얼마 전부터 자신이 감형을 받으리라 믿었다. 매우 불안해하다가 갑자기 안심했고, 잠 못 이루고 악몽을

---

12) 《도스토옙스키 서간집》 2권, 도미니크 아르방 번역, 칼망레비, 1949년, 135쪽.

꾸던 밤은 평온한 휴식 시간으로 바뀌었다. 어제 저녁에도 그는 매우 편안하게 잠들었다. 아직 희망을 품고 있었던 것이 분명하다."

어떤 삶들은 아무것도 시작되지 않았다는 착각 속에 지나간다. 《바냐 아저씨》의 마지막 장면에서 소냐는 이렇게 외친다. "우리는 안식하게 될 겁니다! 천사들의 소리를 듣고, 경이롭게 빛나는 하늘을 보게 될 거예요. 지상의 온갖 악이, 우리의 모든 고통이 우주를 가득 채울 긍휼 속으로 쓸려가, 우리의 삶이 평온해지고 마치 어루만지는 것처럼 감미롭고 따스해지는 모습을 보게 될 거예요. 저는 믿어요. 믿습니다. 가련한 바냐 아저씨, 울고 계시는군요. 세상을 사는 동안 기쁨을 모르셨죠. 하지만 기다리세요, 바냐 아저씨, 기다리세요. 우리는 안식하게 될 겁니다. 안식할 겁니다. 안식할 거예요!"[13]

체호프가 등장인물들이 내뱉는 문장을 미래 시제로 설정하기만 해도 그 문장들은 절망적인 말이 된다. 체호프의 희곡과 단편소설의 등장인물들은 대표적인 기다림의 주인공들이다. 더이상 견디지 못할 지경이 될 때, 그들은 외친다. "모스크바로!" 그러나 떠날 수 있는 인물은 거의 없다.

---

13)《체호프 작품집》, 엘사 트리올레 번역, 갈리마르 플레야드 총서, 1968년, 411쪽.

기다림은 희망(에스파냐어로 기다림espera은 희망esperanza과 멀지 않다)인 동시에 체념이기 때문이다. 알베르 카뮈는 《결혼》에 실린 에세이 중 한 편인 〈알제의 여름〉에 이렇게 썼다. "그리스인들은 인간의 모든 악惡이 담겨 있던 판도라의 상자에서 마지막에 희망이 나오게 했다. 마치 희망이 그 모든 악 가운데 가장 무시무시한 악인 것처럼. 나는 이것보다 더 감동적인 상징을 알지 못한다. 우리가 생각하는 것과 반대로, 희망은 체념과 동등한 것이기 때문이다. 그리고 산다는 것은 체념하지 않는 것이다."[14]

기다림의 또 다른 챔피언은 헨리 제임스의 《정글 속 야수》에 나오는 인물이다. 그는 아주 어린 시절부터 자신이 조만간 불쑥 나타나 자신을 압도해버릴 희귀하고 기이한 무엇, 경이롭고 무시무시한 가능성을 위해 준비된 사람이라고 느낀다. 그는 야수를 기다리느라, "그가 쇠약해질 거라고 말해진 곳들에서 정확하게 쇠약해졌다."[15] 문득 그는 기다림의 의미를 깨닫는다. 그에게는 아무 일도 일어날 수 없었다. 그는 그를 사랑하고 그가 사랑한 여자 곁을 그냥 지나쳤다. 그것이 바로 그를 덮친 야수다.

디노 부자티의 유명한 작품 《타타르 사막》에서는 동일한 테마가 조금 더 투박한 방식으로 다뤄진다. 작가는 특종을 좇으며 한

---

14) 《알베르 카뮈 전집》 1권, 갈리마르 플레야드 총서, 2006년, 126쪽.
15) 《학생 그리고 그 밖의 단편들》, 마르크 샤두른 번역, 10/18, 1963년, 121쪽.

평생을 보낸 〈코리에레 델라 세라〉의 동료인 늙은 기자들을 보고 이 소설의 영감을 얻은 모양이다.

헨리 제임스의 경우, 기다림은 거의 항구적인 원천으로 숱한 변주를 낳고 '너무 늦음'의 철학에 귀착한다.

이미 보들레르는 《호기심 많은 자의 꿈》에서 "공연을 좋아해서 마치 장애물을 싫어하듯 막 내리는 것을 싫어하는 어린아이처럼…" 죽음을 기다린다. 그러나 아무 일도 일어나지 않는다. "막은 이미 올랐는데 나는 여전히 기다렸다."[16]

그리고 카프카는 자신의 가족에 대해 쓰면서 모든 기다림의 결과가 낳는 실망을 표현하지 않는가. "결국 우리는 오히려 원치 않는 곳으로 가고, 하고 싶지 않은 것을 하고, 어떠한 보상의 희망도 없이 결코 원치 않는 방식으로 살고 죽는다."

"내일 등대로 가나요?" 버지니아 울프의 유명한 소설 첫머리에서 한 아이가 묻는다. 우리는 그들이 십 년 후에나 그리로 가리라는 것을 안다. 각 인물이 산 덧없기 짝이 없는 의식의 순간들이 쌓여 거대한 시간 더미를 이루고, 하찮은 인물들이 아닌 몇몇 주인공이 이미 죽고 난 뒤에 말이다. 그러나 버지니아 울프 예술의 풍요로움과 시간을 다루는 대단히 독창적인 방식은 십 년 동안 기다린 산책을 이야기하는 이 소설을 우리의 흥미를 끄

---

16) 《악의 꽃》, 《보들레르 전집》 1권, 갈리마르 플레야드 총서, 129쪽.

는 말로 단순화할 수 없게 만든다.

우리는 이 시대가 기다림에 부여하는 가치에서 대단히 중요한 자리를 차지하는 제목을 사뮈엘 베케트에게 빚지고 있다. 그러나 그의 작품 세계에서 시간은 움직이지 않는다. 아니면 기껏해야 영원히 회귀하는 돌고 도는 시간이다. 뤼도빅 장비에의 말처럼[17] "후렴의 구조"로 환원된 영원한 회귀이다. "그러니 결코 끝나지 않을 거야."라고 베케트의 인물들은 말한다. 그러지 않으면 더 고약하게 이렇게 외친다. "오늘도 화창한 날이군!" 그들은 "발뤼[18]의 우리"에 갇힌 것처럼 시간 속에 갇혀 있다.

마찬가지로, 모리스 블랑쇼는 분절된 제목이 붙은 책《기다림 망각》[19]에서 기다림은 그 자체로 하나의 가치임을 암시한다. "기다림의 대상이 아무리 중요해도, 기다림이라는 행위는 언제나 대상을 무한히 추월한다."

기다림이 짜증스럽고 아무 의미도 찾을 수 없는《지상의 양식》의 들뜬 서정성 이후로 우리는 진전했다. "기다림이여, 얼마나 길어지려는가? 기다림이 끝나면 우리에겐 살아갈 이유가 남

---

17)《베케트가 본 베케트》, 쇠유 '영원한 작가들' 총서, 1969년, 87쪽 이하.
18) 루이 11세의 신임을 잃고 십일 년 동안 우리에 갇혀 지낸 장 들라 발뤼 추기경을 가리킨다―옮긴이.
19) 갈리마르, 1962년.

아 있을까?—기다림이라! 무엇에 대한 기다림이지? 나는 외쳤다. 우리 자신에게서 생겨나지 않은 무엇이 닥쳐올 수 있었던가? 우리가 미리 알지 못하는 무엇이 일어날 수 있었던가?"[20]

《내일에는》[21]이라는 제목으로 번역된 콘래드의 단편소설 《투-모로우》는 기다림의 도착倒錯을 주제로 다룬다. 예전에 뱃사람이었던 홀아비 해그버드 선장은 아들 해리가 실종된 뒤로 "내일에는 올 거야"라는 말을 매일 되뇐다. 선장은 콜브룩이라는 작은 항구도시에 자리를 잡는다. 아들이 그곳으로 돌아오리라 믿었기 때문이다. 그의 이웃에는 맹인 카빌이 딸 베시와 함께 살고 있다. 카빌은 항상 고래고래 소리를 지르며 딸에게 폭군처럼 군다. 그곳 사람들은 괴짜요 진짜 미치광이인 해그버드를 조롱한다. 해그버드에게 친구는 베시뿐인데, 그녀는 점차 그의 헛소리 속으로 빨려 들어간다. 베시는 해그버드의 실종된 아들을 사랑하게 되고, 그가 돌아오면 그와 결혼하리라 생각한다. 이 생각이 자신을 못살게 구는 아버지를 견디도록 도와준다. 해그버드 선장은 베시에게 말한다. "베시, 너는 참을성 없는 여자가 아니구나."

그러던 중 웬 청년이 나타나는데, 그 청년은 분명 선장의 실종

---

20) 《소설과 이야기들》 1권, 갈리마르 플레야드 총서, 2009년, 356쪽.
21) 《콘래드 작품집》 2권, 갈리마르 플레야드 총서, 1985년, 519쪽.

된 아들 해리가 맞다. 그러나 선장은 청년을 맞아들이길 거부하고 "내일 올" 아들을 기다린다고 말한다. 심지어 그 침입자의 머리를 삽으로 내리치기까지 한다. 베시 역시 기이하게도 해리에게 이렇게 말한다. "내일 올 사람이 바로 당신이군요."

아버지와 그 여자의 광기 앞에서 그는 이렇게 응수한다. "그런데 왜 오늘은 안 되죠?"

결국 그는 깨닫는다. "모든 게 이상해!… 날짜도 모르고 항상 내일이라니….'

해리는 한곳에 머물지 못하고 온 세상을 떠돌아다닌, 한 여자 곁에 일주일 이상 머문 적이 없으며 친구와 술과 도박만을 좋아하는 한량이다. 그는 아버지가 자기를 공증인 서기로 만들려고 해서 도망쳤다고 말한다. 그가 돌아온 것은 다시 갇히거나 결혼을 하기 위해서가 아니라, 아버지에게 5파운드를 빌리기 위해서였다. 베시가 몇 푼 되지 않는 돈 전부를 건네자 해리는 떠난다. 그 순간 해그버드 선장은 '찜찜한 무언가'를 떨쳐버린 기쁨을 드러낸다.

그리고 베시는 끔찍한 맹인 곁으로, 자신의 지옥으로 돌아간다. "마치 세상의 모든 미친 기대가 그녀의 둑을 무너뜨리고, 영원한 내일에 대한 믿음을 외치는 그 노인의 목소리와 함께 그녀의 마음에 공포를 심기라도 한 것 같았다."

1348년 페스트가 유럽을 덮쳤을 때 보카치오가 한 것만큼 기다림을 잘 관리한 사람은 거의 없다. 열 명의 젊은이들—남자 셋과 여자 일곱—은 피렌체를 벗어나 피에졸레의 팔미에리 빌라에 피신해 있는 열흘 동안 열 편의 이야기, 즉《데카메론》을 쓰며 기분전환을 한다. 앙토냉 아르토처럼 말하면 "보카치오는 잘 빠진 두 친구와 일곱 명의 신심 깊고 음란한 여자들과 함께" 페스트가 물러가길 느긋하게 기다렸다.

어떤 이들은 일어나지 않을 일을, 일어날 수 없는 일을 기다리길 좋아한다. 알랭 푸르니에는 1910년 10월 19일 여동생 이자벨과 매제 자크 리비에르에게 자신의 괴로운 사랑을 털어놓으며 이렇게 이야기한다. "그 여자가 돌아왔어. 그녀는 하루 저녁, 이틀 저녁, 열흘 저녁이나 길가의 벤치에 앉아 나를 기다렸어. 그녀가 말했지. '기다리는 사람이 오지 않을 거라 확신할 때 시간은 길게 느껴지지 않아요.' 한번은 잠이 들었다더군."[22]

알랭 푸르니에는 전문가였다. 그는《대장 몬느》의 영감을 안겨준 이본 드 키에브르쿠르를 며칠 · 몇 주 · 몇 달 · 몇 년 동안 기다렸다.

"사실 마조히즘의 형식은 기다림이다. 마조히스트는 순수한 상태의 기다림을 체험하는 사람이다"라고 질 들뢰즈는 썼다.[23]

---

22)《자크 리비에르알랭 푸르니에 서간집》2권, 갈리마르, 1991년, 415쪽.
23)《자허-마조흐 소개》, 에디시옹 드 미뉘, 1967년, 63쪽.

캐서린 맨스필드의 《소녀》에서 래딕 부인의 딸은 응석받이의 변덕을 드러내지만 결국 이렇게 중얼거린다. "'나는, 나는 괜찮아요. 나는 기다리는 걸 좋아해요.' 그런데 갑자기 소녀의 뺨이 붉어지고, 눈빛이 침울해졌다. 순간 나는 소녀가 울음을 터뜨릴 거라 생각했다. '그, 그냥 여기서 기다릴게요. 괜찮다면요.' 소녀는 뜨겁고 떨리는 목소리로 더듬거리며 말했다. '나는 좋아해요. 기다리는 걸 좋아해요! 진짜예요, 정말이에요. 그렇다니까요! 난 온갖 장소에서 기다리면서 시간을 보내는 걸요….'"[24]

소녀가 이 말을 한 곳은 어머니가 도박을 하러 들어간 카지노 층계이다.

기다림이 습관이 되면 냄새를, 색채를 갖게 되고, 하늘의 빛, 카페의 네온 불빛, 어느 방의 희미한 불빛, 보도 위의 발자국 소리와 결합된다…. 그것은 우리를 파블로프의 개로 만든다. 그 냄새·색채·소리 때문에 우리의 불행처럼 늘 새롭고도 오랜 불안 속으로 빠져드는 파블로프의 개.

이루어질 수 없는 사랑을, 침묵하는 열정을 숭배하는 여자들과 남자들은 그렇게 생겨난다. 사랑의 기다림은 그들에게 사랑의 성취보다 더 큰 희열을 안겨준다. 1930년대의 시시한 유행가에 나름의 진리가 담겨 있다.

---

24) 《소녀》, 《가든파티》, 갈리마르, 2002년.

나 당신을 기다릴게요

당신도 나를 기다릴 테죠….

마들렌을 영원히 기다리는 자크 브렐의 노래 〈마들렌은 오지 않겠죠〉는 한층 더 사실적이다.

아니 에르노의 소설 《단순한 열정》[25]은 불안한 기다림이 본질인 이런 유형의 관계를 임상적으로 정확하게 묘사하고 있다. 전화가 울리기를 기다리고, 언제일지, 오기는 할지 알지 못한 채 누군가 찾아오기를 기다리는 것. "작년 9월부터 나는 한 남자를 기다리는 것 말고는 아무것도 하지 않았다…." 아니 에르노는 자신의 이상異常 상태를 이런 말로 요약한다. "그를 기다리는 것 외엔 아무것도 하고 싶지 않았다."

모든 면에서 다른 두 존재 사이에 열정이 생겨나는 것을 우리는 드물지 않게 본다. 때때로 그들은 수천 킬로미터 떨어져 있고, 각각 자기 힘으로 무너뜨릴 수 없는 삶과 엮였지만, 그래도 자신들을 괴롭히는 감정의 아름다움과 진실을 믿고 싶어 한다. 그들은 기다림 가운데 연애에, 가짜 열정에, 대리 사랑에 몸을 맡기기도 한다. 우리는 허기를 속이듯 자신의 기다림을 속인다. 복잡한 죄책감 속에서 어찌할 바를 모른 채 이중, 삼중의 열정에 몸을

---

25) 갈리마르, 1991년.

맡긴다. 그런 연인들은 미래가 자신들의 것이라고 생각하지 않는다. 그들은 진부한 일상에서 훔친 불확실하고 늘 짧은 만남의 순간을 겸허하게 기다린다. 그러면 사랑은 마음 깊숙이 비밀스러운 제단을 묻어둔 종교를 닮기 시작한다. 그렇게 죽을 때까지 지속될 수 있다. 죽음은 또 하나의 장애물에 불과하다. 죽는 날에도 우리는 헤어질 것이다. 다만 내가 더이상 존재하지 않는다는 것을 상대에게 부드럽게 말해줄 누군가가 있을까? 체호프의 《지루한 이야기》[26]에서 스쳐 지나가는 존재일 뿐인 카챠가 떠날 때, 니콜라이 스테파노비치는 그녀에게 이렇게 물으려 한다. "그러면 넌 내 장례식에 안 오겠네?"

예전에 내가 알고 지내던 동료가 있었다. 그는 입이 무겁고 건실하며, 결혼해서 한 가정의 가장이었다. 그가 갑자기 세상을 떠났다. 장례식이 끝난 직후, 한 여자가 연구실로 전화를 걸어왔다.

"죄송한데 G 선생님 안 계신가요? 오늘이 수요일인데요. 수요일마다 저희 집으로 점심 식사를 하러 오시는데…."

그 여자는 남몰래 수요일을 기다리면서 한평생을 보냈던 것이다. 그리고 시를 쓰면서 시간을 속인 모양이었다. 시간을 속이다! 멋진 표현 아닌가! 그리고 시간을 죽이다!… 이젠 기다릴 필요가 없어졌는데, 누가 그 말을 그녀에게 해줬겠는가? 그녀는 신

---

26) 《체호프 작품집》 2권, 갈라마르 플레야드 총서, 675쪽.

문에서 부고訃告조차 읽을 수 없었다. G 씨의 연인은 맹인이었던 것이다!

이런 사랑을 숭배하는 사람들은 정말로 불행할까? 난 그렇게 생각지 않는다. 데팡 부인[27]은 이렇게 썼다. "나는 우리가 사랑하는 것으로부터 사랑받는 행복밖에 알지 못한다. 영원한 부재가 아무리 끔찍한 고통일지라도, 우리가 사랑하는 것에 전혀 무관심하지 않음을 믿을 수만 있다면, 우리는 그 고통을 끈기 있게 견뎌낼 수 있다."

프레데릭 모로[28]는 평생 아르누 부인을 기꺼이 기다린다. 아르누 부인도 마찬가지이다. 그녀는 브르타뉴로 은둔해 바다를 바라보며 시간을 보낸다. "저기, 내가 프레데릭 벤치라고 이름 붙인 벤치에 앉을 거야."[29]

마찬가지로, 헨리 제임스의 단편소설 가운데 가장 아름다운 작품의 주인공은 거듭된 실패와 파산과 불행에 체념하거나 발버둥치기를 거부하고, 부두 끝에 가서 바다를 마주보며 "비탄의 벤치"[30]에 앉는다. 사실 그는 아무것도 기다리지 않는다.

아르누 부인은 기다림과 욕구불만만 안겨줄 뿐인 사랑에 만족

---

27) 1697~1780, 프랑스 18세기 살롱문학의 주역 가운데 한 명—옮긴이.
28) 귀스타브 플로베르의 소설 《감정교육》의 주인공—옮긴이.
29) 《플로베르 작품집》 2권, 갈리마르 플레야드 총서, 450쪽 이하.
30) 《발레리 가문의 마지막 후손》, 루이즈 세르비상 번역, 알뱅미셸, 1960년, 401쪽.

한 모습을 보인다. "아무렇든 상관없어. 우리는 서로 사랑할 테니까."

그녀가 모자를 벗었을 때, 프레데릭은 그녀의 흰머리를 보고 "심장 한가운데를 얻어맞은 것처럼" 충격을 받는다. 그녀가 "자기 몸을 내주려고 왔다고" 생각한 그는 "표현할 길 없는 무언가를, 근친상간에 대한 두려움 같은 혐오를" 느낀다. 그래서 "자신의 이상형을 훼손하지 않으려고" 발걸음을 돌린다. 기다림이 갈망하던 여자를 범접할 수 없는 우상으로 만들어버린 것이다.

열한 시 종이 울리자, 아르누 부인은 대뜸 떠나기로 결심한다. 기다림의 또 다른 변주다. 공허한 십오 분 동안 "두 사람 모두 할 말을 전혀 찾지 못했다."

논문 주제: '아르누 부인의 기다림과 보바리 부인의 기다림을 비교하시오.' 두 인물 다 이 문제 주위를 맴돈다. 두 인물은 기다림의 부바르와 페퀴셰[31]이다.

시간은 모든 소설의 핵심이므로, 그것의 부산물인 기다림이 큰 역할을 하는 소설들을 일일이 다 집계할 수는 없다. 하지만 밤에 웨스트 에그 저택 앞에 홀로 서서 데이지 뷰캐넌이 사는 만灣 건너편의 초록 불빛을 살펴보는 개츠비보다 더 소설적인 것이 있을까? 화자가 말하듯 "어처구니없는 감상벽"을 가진 개츠비는

---

31) 플로베르의 유작遺作《부바르와 페퀴셰》의 주인공─옮긴이.

과거에 일어나지 않은 일에 대한 아쉬움을 미래에 투영한다. "개츠비는 초록 불빛을, 우리 앞에서 한 해 한 해 뒤로 물러가는 황홀한 미래를 믿었다…. 그렇게 우리는 앞으로 나아간다. 물살에 맞서 싸우며 끊임없이 과거 쪽으로 밀려나는 배처럼."[32]

아폴리네르는 오디세우스의 귀환을 언급한다.

반들반들 윤기 도는 양탄자 곁에서
그의 아내는 그가 돌아오기를 기다리고 있었다.[33]

누군가가 우리를 기다린다고 그토록 확신할 수 있을까? 그건 사랑받지 못하는 사람의 꿈에 불과하다.

그럼에도 우리는 가장 오래되고, 대단히 유서 깊고, 언제나 감동적인 《오디세이아》를 기다림의 시詩로 읽을 수 있다. "애통한 낮과 밤들을 눈물로 지새우며" 페넬로페는 남편 오디세우스를, 그리고 아들 텔레마코스를 기다린다. 구혼자들은 페넬로페가 결심하기를 기다리고, 엘페노르는 묘지를 하사해주기를 기다린다. 칼립소와 키르케에게, 그리고 나우시카에게 붙잡힌 오디세우스는 그의 여행 전체를 기다림의 기호 아래 두지 않는가? 마지막

---

32) 《위대한 개츠비》, 빅토르 로나 번역, 르 사지테르, 1946년.
33) 《아폴리네르 시詩 작품》, 갈리마르 플레야드 총서, 47쪽.

23편에 이르러서는 "장밋빛 손가락을 가진" 새벽의 여신 에오스까지 기다리고 있다. 에오스는 밤과 교대하러 와서, 오디세우스와 페넬로페가 눈물을 그치고 "잠자리와 옛날의 권리를" 되찾기를 기다린다. 기다림과 움직임, 이것이 바로 《오디세이아》의 역설이다.

《오디세이아》에서 기다리지 않는 유일한 사람은 《일리아스》에서 오래도록 기다린 필로크테테스이다. 사람들은 참으로 비열하게도 그를 렘노스 섬에 버려두고 떠났다. 그가 뱀에 물렸고, 상처에서 참을 수 없는 악취가 났기 때문이다. 그러나 그들은 그를 데리러 돌아왔다. 트로이와의 전쟁을 끝내려면 그의 마법의 활이 필요했기 때문이다. 그는 가장 먼저 집으로 돌아가는 인물 중 한 명이 된다.

이 모든 책들… 나에게는 독서야말로 기다림과 분리될 수 없는 으뜸 행위 가운데 하나로 보인다. 눈은 글자를 따라 나아가고, 정신은 더 멀리에서 일어날 일을 알고 싶어 안달하며 눈이 나아가길 기다린다. 그러나 기다려야만 한다.

나는 종종 작동원리가 이해되지 않는 꿈을 꾼다. 내가 책을 읽는 꿈을 꾼다. 한 페이지를 해독하고, 한 글자 한 글자, 한 줄을 해독한다. 내가 꿈의 주인인데, 아직 읽지 않은 페이지에 무엇이 있는지를 내가 알지 못하는 것은 어찌 된 일일까?

전제군주들은 기다리는 것을 좋아하지 않는다. 루이 14세는 말했다. "하마터면 기다릴 뻔했어." 그의 마차 이야기이다. 기다림은 권력의 언어로 이해될 수 있기 때문이다. 약속에는 기다리는 사람이 있고, 누군가 자신을 기다린다는 사실을 흡족해하며 기다리게 만드는 사람이 있다.

낚시꾼에게 기다림은 스포츠이다.

매복한 사냥꾼에게 기다림은 죽음과 일체가 되는 일이다. 그는 제물이 사정거리 안에 들어오는 순간을 노린다.

기다리는 것을 자기 때를 기다리는 것으로 생각하는 사람들이 있다. 교황의 노새[34]가 그렇다. 기왕 성직 세계 이야기가 나왔으니 조금 더 말하자면, 루이 14세와 루이 15세 치하에서 살았던 메슬리에 사제는 보잘것없는 한평생을 살면서 시한폭탄을, 즉 자신이 무신론자임을 주장하고 "지상의 모든 위인들과 모든 귀족들이 사제들의 창자에 목 졸려 죽기를" 바란다는 내용의 유언장을 준비해두었다. 그러나 육십사 년 동안 삐딱한 말 한마디 하지 않았다.

포크너의 인물들 가운데 가장 원초적인 인물인 밍크 스놉스는 파크맨 감옥에서 조금도 조급해하지 않고 삼십팔 년을 기다린다. 삼십팔 년이 지나면 할 일이 있고 자신이 그 일을 하리라는

---

34) 알퐁스 도데의 단편소설 《교황의 노새》에서 칠 년 동안 복수의 때를 기다리는 노새를 가리킨다.—옮긴이.

것을, 복수하리라는 것을 알기 때문이다. 기다림이 그의 시간을 고스란히 채운다.

그러나 결국엔 문학적 낙원에서 내려와 일상을 되찾아야 한다. 일상의 진실은 책 속에서보다 진실하지 않다. 견디기가 더 어려울 뿐이다.

인간의 조건: 월요일부터 주말을 기다리고, 일요일엔 월요일을 기다리느라 기진맥진한다. 휴가를 기다리고, 휴가가 끝나기를 기다린다. 겁내면서도 은퇴를 기다린다. 곁에서 너무나 오래 기다려온 인생 동반자의 죽음을 꿈꾸듯 기다린다. 죽음은 기다리지 않는다. 기다려야 하고, 심지어 바라야 합당한 유일한 것이 바로 죽음이지만.

우리가 보아왔듯이, 문학적으로 미화된 이별에 대해서는 무슨 말을 해야 할까? 전쟁 후에 한 가지 통계가 떠돌았다. 본국으로 송환된 포로들 가운데 80퍼센트가 이혼했다는 통계이다.

종교는 기다림을 엄청나게 활용한다. 그럴 수밖에 없다. 유대교 신앙에 따르면, 심판의 날은 사막 계곡 또는 법령 계곡이라고도 불리는 여호사밧 계곡에서 펼쳐지는 것으로 되어 있다. 그래서 마음 급한 사람들은 죽은 자들 가운데 가장 먼저 부활하려고 그곳에 묻혔다. 예루살렘에 갔을 때 나는 그 거대한 묘지를 찾아 거닐었다. 그리고 팔레스타인 아이들이 던지는 돌멩이 세례를 받았다. 인티파다intifada[35], 달리 말하면 돌로 쳐 죽이는 오래된 형벌이다. 하마터면 나도 내가 기다리지 않는 날을 위한 일등석을 차지할 뻔했다.

기다림은 종교의 도구가 되면서 어쩌면 그 자체로 종교가 되었는지도 모른다. 우리가 기다림에 사원들을 할애하지 않았는가. 대기실 말이다. 대기실은 알지 못하는 신이 아니라 무無에 바쳐진 기이한 숭배 장소다. 거기에는 일등석과 이등석이 있다. 공항에서는 고급 등급에 대기실이라는 말을 쓰지 않는다. 귀빈실이라고 부른다. 등급이 달라지면 기다림의 질도 달라지는 걸까? 낙오자들이 득실거리는 기차역 이등석 대합실의 묵은 때에는 부인할 수 없는 몽상적 힘이 있다.

파스칼은 남자들이 "미모라는 특권을 소유한" 여자를 사랑할 준비가 언제나 되어 있다고 말하기 위해 《사랑의 열정에 관한 담론》에서 묘한 글을 쓴다. "그들의 마음속에는 기다림을 위한 자리가 있다."[36]

행정기관·치과의사·의사·분석가·물리치료사는 대기실의 이미지를 만들어냈다. 그곳은 지루함과 불안과 초조함 사이에서 다른 곳에서는 차마 펼치지 못할 잡지를 읽는 장소이다. 부주의하게 그곳에서 읽은 기사에 대해 말했다가, 얼른 이런 말로 바로

---

35) '봉기', '반란'을 뜻하는 아랍어로, 팔레스타인인들의 반反이스라엘 투쟁을 가리킨다—옮긴이.
36) 파스칼전집 2권, 갈리마르 플레야드 총서, 2000년, 202쪽.

잡기도 한다. "치과 진료실에서 읽었어."

(그곳에 비치된 그런 잡지들을 가지고 자유직업을 가진 우리 같은 사람들의 한심한 정치적 견해와 비참한 지적 수준에 관한 결론을 끌어내도 될까?)

대기실에서 벌어지는 일은 사회학자도 연구해볼 만할 것이다. 전문능력을 갖추고 있진 않았지만 내가 오래 전에 살짝 해본 일이기도 하다. 그즈음 나는 회고록을 쓰고 싶어하던 어느 저명한 성형외과의의 대필 작가였다. 그 의사는 대단히 양심적이어서, 나를 온갖 수술에 참관시켰다. 눈 밑 지방 제거 수술, 코 수술, 유방 수술. 그리고 나로 하여금 오전 시간을 대기실에서 보내게 했다. 환자들이 하는 말을 듣고 그들의 행동을 지켜보도록.

오직 동물병원에서만 그곳과 같은 분위기를 다시 접할 수 있었다. 동물병원 대기실에서 사람들은 병원에 온 것을 눈치 채고 겁에 질려 떠는 동물을 안심시키며, 옆에 있는 사람들에게 말을 걸어 그들의 개나 고양이의 이름과 나이, 어디가 아픈지를 묻는다. 성형외과 대기실에서도 금세 대화가 시작되었다. 의사에게 흉터를 보여주거나 실밥을 뽑으려고 온 고참들이 자신의 경험을 토대로 신참들을 안심시켰다. 나는 일반화를 겁내지 않고 말할 수 있다. 그곳에서 가벼운 집단적 노출증 경향을 간파했노라고. 새로 만든 가슴을 자랑스러워하는 여자는 그걸 보여주고 싶은 즐거운 마음을 억누르지 못했다.

특히 어떤 장면 하나가 나에게 남아 있다. 결코 만족하지 못해서 코를 끊임없이 다시 만들던 여자다. 그녀는 설명이 잔뜩 달린 채색 크로키들을 가져왔다. "관능적으로 보이도록 콧구멍이 좀 컸으면 좋겠어요. 그렇지만 천박해 보일 정도로 크면 안 되죠." 오자마자 그녀는 환한 햇빛을 받으려고 창가에 들러붙어 커튼 아래로 고개를 밀어넣었다. 그러고는 가방에서 연필과 거울을 꺼냈다. 연필을 콧구멍 속에 집어넣어 온갖 모양을 만들곤 했다. 그 여자는 결코 도달할 수 없는 미모의 이상향에 갇힌 채 우리와 말을 섞지 않았다.

로베르 사전은 기다림 끝에 쓰는 '드디어enfin'라는 부사는 안도감을 표시한다고 설명한다. 드디어 혼자가 됐어! 그리고 폴 장 툴레가 노래하듯이

나의 유모는 말했지 앙팽Enfin은
앙핀Enfine의 남편이라고.[37]

더이상 아무것도 기다리지 않는 사람들의 기다림을 생각하기 위해 기다림에 관해 오래 숙고할 필요는 없다. 파스칼 피아가 최

---

37) 《반운反韻》, 에디시옹 뒤 디방, 1921년, 36쪽.

근 나에게 보낸 편지 가운데 한 통이 기억난다. 그 편지에는 가슴을 죄는 말이 적혀 있었다. "극은 멋진데, 막 내리는 것이 정말이지 너무 느려."

가능한 기다림이 더이상 없을 때야말로 불행하다. 장 폴랑은 1923년 프란시스 퐁주에게 보낸 편지[38]에서 "선교사 브리덴 신부의 멋진 열변"에 대해 말한다. 지옥에 떨어진 자들은 끊임없이 묻는다고 한다. "몇 시예요?" 그러면 무시무시한 목소리가 그들에게 대답한다. "영원이야!"

---

38) 《장 폴랑-프랑시스 퐁주 서간집》 1권, 갈리마르, 1986년, 19쪽.

떠
나
다

인권 선언은 일정한 자유의 공간을 규정했다. 그 선언에는 17개 조항이 들어 있다. 자기모순에 빠질 권리와 떠날 권리를 보장하는 18조와 19조를 만들어낸 보들레르의 재담을 내가 강조하는 것은 농담 취미 때문이 아니다.

자기모순에 빠지다, 떠나다. 이것은 숙고를 촉구하는 두 가지 '숙고된 생각'이다. 이 생각들은 자유의 본질적인 두 요소를 제시한다. 자기모순에 빠질 권리와 떠날 권리. 나는 개인의 소박하지만 완강한 저항을, 오불관의 태도를 표현하는 데 이 두 권리보다 나은 것을 결코 찾아내지 못하리라 확신한다.

보들레르를 조금 더 정확한 방식으로 인용해야 한다. 그는 자기모순에 빠질 권리부터 시작했고, 필록센 부아이에[39]의 앨범에 이렇게 썼다. "최근 우리가 이야기한 권리들 가운데 빠진 것이 하나 있네. 우리 모두가 관련된 권리 표명이지. 자기모순에 빠질 권리 말이네."

그가 이 생각을 필록센 부아이에의 앨범에 적은 것은 아마도 묘한 이름(BC 5세기에 키티라 섬에서 살았던 격정적인 서정시인에게서 차용한 이름)을 가진 이 시인이 엄청난 수다꾼이었기 때문일 것이다. 보들레르는《고독》에서 "상테르의 북소리가 아무 때고 말을 자를 걱정 없이 사형대 위에서 장황한 연설을 할 수만 있다면 극형마저 결코 불쾌해하지 않고 받아들일 개인들"[40]에 대해 말했는데, 이것은 필록센을 겨냥해서 한 말이었다.

(필록센 부아이에의 이 앨범은 1985년 5월 22일 파리의 누보 드루오에서 경매로 팔렸는데, 낙찰 금액이 50만 프랑에 달했다.)

필록센은 1852년 오데옹에서 풍자희극《아리스토파네스 이야기》를 무대에 올렸고, 마리 도브룅이 주역을 맡았다. 이 여배우는 그의 연인이었다가 나중에 보들레르의 연인이 되고, 그 후에는 방빌의 연인이 된다. 하지만 내가 헷갈리는 건지도 모르겠다….

에드가 포의《기이한 이야기들》에 쓴 서문에서 보들레르는 자

---

39) 19세기 프랑스 작가, 보들레르의 친구―옮긴이.
40)《파리의 우울》1권,《보들레르 전집》, 갈리마르 플레야드 총서, 1975년, 313쪽.

기모순에 빠질 권리에 떠날 권리를 덧붙여 말한다. "19세기의 지혜는 그토록 자주, 그리고 그토록 호의적으로 인간의 권리들을 수차례 나열했는데, 상당히 중요한 권리 두 개가 빠졌다. 자기모순에 빠질 권리와 떠날 권리이다."[41]

떠나다. 이것은 대단히 흐뭇한 이미지이다. 말 없고 수줍음 많고 내성적인 사람, 절대 항의하는 법이 없고, 절대 불평하지 않는 사람이 어느 날 문을 열고 떠난다. 이런 생각만 해도 우리는 기분이 좋아진다. 그러나 보들레르의 글을 끝까지 읽으면 그런 이야기가 아니라는 것을 알게 된다. 위의 문장은 에드가 포의 죽음 그리고 제라르 드 네르발의 죽음과 관련된 것이다. 그렇기에 '떠나다'에 매우 강한 의미가 실려 있다. 이것은 어느 날 성냥을 사러 집 밖으로 나갔다가 돌아오지 않을 권리가 아니라, 자살할 권리를 의미한다.

사실 에드가 포는 자살하지 않았지만, 보들레르에게 그의 죽음은 "거의 자살—오래 전부터 준비해온 자살—이나 다름없다." 네르발은 "아무에게도 말하지 않고 몰래 떠나—너무나 감쪽같이 떠나서 그 조심성이 마치 경멸처럼 보일 정도였다—그가 찾을 수 있었던 가장 어두운 거리에 영혼을 풀어놓았다…."

보들레르는 주석을 한마디 덧붙였다. "사회는 떠나는 사람을

---

41) 《에드가 A. 포 산문 작품집》, 갈리마르 플레야드 총서, 1932년, 1050쪽.

불손한 인간으로 바라본다. 흡혈광증에 걸려 시신을 보면 미칠 듯이 격분하는 가련한 병사 같은 죽은 유해들을 사회는 기꺼이 벌할 것이다. 그렇지만, 어떤 상황의 압박 아래에서 그것이 어떤 교리나 윤회에 대한 굳은 믿음과 양립될 수 없음을 진지하게 살펴본 뒤, 우리는 말할 수 있다. 과장 없이, 말재간 부리지 않고 말할 수 있다. 때로는 자살이 삶에서 가장 분별 있는 행위라고."

19세기를 통틀어 어떤 인간이 제라르 드 네르발보다 감미로웠을까? 네르발의 동시대인 가운데 한 사람인 외젠 드 미르쿠르는 그를 이렇게 묘사한다. "(…) 진솔하고 신의 있어 보이는 외모에서, 이승에서는 보기 드물게 선의와 재기와 섬세함과 순진함이 동시에 풍겨난다."

그러나 그에게 그게 다 무슨 소용이었겠는가? 혹독하게 추운 어느 날 밤, 그는 부엌용 앞치마 끈으로 스스로 목을 매고, 막심 뒤 캉이 본 대로 영안실 "아연판 위에 벌거벗고 누운 채" 생을 마감했다.[42]

보들레르는 이 두 죽음이 불러일으킨 논평과 조롱들에 화가 치밀어 떠날 권리를 주장한 것이다.

다음 세기에 파베세도 똑같은 표현을 사용한다.

---

42) 《문학의 기억》, 아셰트, 1962년, 230쪽.

고독한 길로 떠날 것,

오래도록 갈망해온 작품들이

내 눈앞에서 사라지는 것을,

열정, 희망… 모든 것… 모든 것이

내 영혼 속에서 사라지는 것을 볼 두려움에

끊임없이 고뇌하면서.[43]

이 시를 썼을 때 파베세는 아직 고등학생이었다. 그리고 떠나고자 하는 생각은 1950년의 그날 밤까지 내내 그를 떠나지 않을 것이다. 그날 밤, 그는 토리노 역 광장 커다란 핏빛 간판이 굽어보는 로마 호텔에 방을 잡는다.

그는 자신의 강박증 밑바닥에서 자살의 어려움을 느끼고, 가장 단순한 사람들이 너무도 자연스럽게 그 행위를 실행에 옮기는 것을 보는 놀라움을 털어놓는다. "미천하고 가련한 여자들도 해냈는데."[44]

1950년 8월 26일 밤, 그는 부질없이 몇몇 여자 친구에게 전화를 걸었다. 그가 살도록 붙잡아줄 수도 있었을 친구들에게. 그러나 아무도 그와 함께 저녁 시간을 허비하고 싶어하지 않았으므

---

43) 다비드 라욜로, 《체사레 파베세, '부조리한 악덕'》, 갈리마르, 1963년, 53쪽에서 인용.
44) 같은 책, 327쪽.

로 그는 죽었다.

미국 여배우 콘스탄스 다울링이 파베세의 불행한 마지막 사랑이었으며, 그녀 역시 1969년 로스앤젤레스에서 마흔아홉의 나이로 자살했다는 사실이 최근에 밝혀졌다.

'떠나는 것'이 하나의 권리라면, 그 권리의 근거를 찾아야만 한다. 젊은 카뮈는 떠들썩한 표현을 통해 그것을 유일하게 진지한 철학적 문제로 만들었다. 그리고 노발리스는 이미 이렇게 말했다. "진정한 철학적 행위는 자기 살해다. 자살 말이다. 모든 철학의 실제적 시작이 거기에 있다."[45]

그럼에도 철학적 자살은 여전히 드물다. 금욕주의자들 사이에서 철학적 자살 이론은 선과 악, '중간자들'에 관한 난해한 논쟁으로 변질된다. 나는 사람들이 스토아 학파보다 아카데미의 말에 귀를 덜 기울여서 자살하고 싶은 마음이 생기는 게 아닐까 싶다. 장 스타로뱅스키는 "현실에서 자살 행위가 단순히 하나의 이유 때문인 경우는 드물다. 자살은 여러 가지 이유로 결정된다"라고 말했다. 대개는 순간적 충동이 자살을 촉발한다. 내 친구 로맹 가리는 자살하던 날 가기로 되어 있던 제네바로 전화를 걸어 공항으로 마중을 와달라고 말했다. 그리고 여자 간호사에게 어떤 약을 가져가야 하는지 물었고, 출판사 대표 클로드 갈리마르와

---

45) 《노발리스 전집》 2권, 갈리마르, 1975년, 40쪽.

점심 식사를 하며 세금 문제를 의논했다. 이 평범했던 오후 끝 무렵에 그는 자살했다.

자살은 벼랑이다. 우리는 그 벼랑 가장자리를 따라가며 날에 따라, 그리고 기분에 따라, 약하게 또는 심하게 현기증을 느낀다. 초현실주의자들은 그 유명한 질문지[46]를 내놓으며 이렇게 썼다. "우리는 꿈속인 양 자살하는 것 같다."

파베세가 말하는 '부조리한 악벽惡癖'[47]으로 번민하는 이들에게는 '떠날' 생각을 가지고 노는 것이 하나의 생활방식이 된다. 파베세는 이렇게 썼다. "자살 생각은 삶에 대한 항거였다. 더이상 죽기를 원치 않는 것, 멋진 죽음 아닌가!"[48]

그리고 르네 크레벨은 이렇게 말한다. "자살 강박증이야말로 자살에 대한 최고의 치료제가 아닐까?"

그러나 그도 끝내 자살하고 말았다.

말라르메라면 아마도 이렇게 말했을 것이다. "나는 단 하루도 철로 다리 위로 몸을 던져 삶을 끝내고 싶은 유혹을 느끼지 않고 로마 거리를 거닌 적이 없다."

죽거나 죽음을 유예할 이유들을 스스로 찾게 되면 자기모순에 빠질 권리와 떠날 권리가 한데 뒤섞인다. 살아야 할 가치는 없지

---

46) 왜 글을 쓰는가? 혼자 있을 때 무엇을 하는가? 자살은 해결책인가? 등의 질문—옮긴이.
47) 일찍부터 열병처럼 그를 사로잡은 자살 욕구를 가리켜 파베세가 쓴 표현—옮긴이.
48) 《사는 일》, 갈리마르, 1958년, 314쪽.

만, 타인들에 대한 의무가 우리를 이 눈물의 계곡에 붙들어둔다는 생각이 들기 때문이다. 이런 것을 가리켜 우리는 '책임을 진다'고 말한다.

삶을 끔찍하게 여겨서가 아니라, 삶을 박탈당한다는 생각을 견딜 수 없을 정도로 삶을 사랑하기 때문에 자살할 수도 있다. 미련한 자살이다. 그리 멀리 가지 않더라도, 죽음의 전망이 삶을 망쳐서 삶을 저주한 사람은 많다. 후고 폰 호프만슈탈은 자신의 한 등장인물에 대해 이렇게 말했다. "그는 너무 이른 자신의 죽음이 끔찍이 싫어서 그를 거기까지 이끌어온 삶까지 혐오했다."[49]

그리고 미셸 레리스는 《오로라》에 이렇게 썼다. "나는 죽음이 두려워서 삶을 혐오했다."[50]

같은 생각으로 쥘 라포르그는 폴 부르제에 관한 기사에서 부르제와 나눴을 법한 짧은 대화를 전한다.

—안녕하세요, 부르제 씨. 언제나 슬픈 얼굴이군요. 무슨 일입니까?

—살고 있어서요.

—사는 것이 왜 그렇게 슬프십니까?

---

49) 《안드레아스와 그 밖의 이야기들》, 갈리마르, 1970년, 127쪽.
50) 《오로라》, 리마지네르, 갈리마르, 1973년, 84쪽.

—죽음 때문이죠.

　—정 그러시면 거기서 빠져나오도록 해보시죠.

이렇게 해서 폴 부르제는 해결책을 찾아, 벨리즘[51] 시절 자신이 그토록 열광했지만 결과적으로 번뇌만 느낀 개인주의를 규탄하고 고향 · 군대 · 종교 · 군주제라는 좁은 사회적 틀 안에 은둔했다. 사는 것이 문제가 되면 우리는 찾을 수 있는 이유들을 스스로에게 제공한다.

생애 말기에 말로는《라자르》에서 삶에, 죽음에, 자살에 도덕적 또는 철학적 가치를 부여하기를 부인하는《왕도》속 한 인물을 떠올린다. "죽음은 없다. 내가, 곧 죽을 내가 있을 뿐⋯."[52]

우리는 저마다 죽기 위한 좋고 나쁜 이유들을 가지고 있다. 사실 이유는 행위보다 덜 중요하다. 이유는 훌륭하거나 어리석을 수 있다. 그러나 행위가 성공한다면 우리는 한낱 시신에 불과하게 된다. 다시 말해 아무것도 아니게 된다.

내 가족 중에는 기분이 조금만 나쁘면 요란하게 식탁을 떠나 (말다툼은 대개 저녁 식사 시간에 일어났다), 자신이 강물에 뛰어들거라는 뜻을 어느 정도 암시하고 밖으로 뛰쳐나가는 사람이 있었다. 떠날 권리를 그런 식으로 이중으로 남용했다. 그것을 복수

---

51) 스탕달이 표방한, 극단적 관능을 추구하는 이기주의적 행복론—옮긴이.
52)《라자르》, 갈리마르, 1974년, 119쪽.

와 공포의 수단으로 삼았다. 가족을 잃을까 두려운 마음에 우리가 뒤쫓아 달려 나오길 바랐던 것이다. 아마도 그런 순간에 그는 스스로 만들고 있는 자기 자신의 이미지를 사랑했을 것이다. 성별·나이·직업·사회적 조건·지역에 따라 달라지는 자살의 유전적 성향과 빈도를 보면 우리가 자살을 선택한다고 믿지만 실은 자살이 우리를 선택하는 거라는 생각이 든다. 로랑티드 지역의 몽 가브리엘에서 나는 벨기에 비평가 르네 미샤와 함께 며칠 전에 자살한 필리프 쥘리앙에 대해 이야기했다. 파리 동성애자들의 세련미를 가늠하는 심판관 같은 인물인 그가 농부처럼 목을 매어 자살했다. 결코 놀라운 이야기를 할 것 같지 않은, 동글동글한 용모의 르네 미샤가 불쑥 나에게 말했다. "나는 자살자가 많은 가정에 태어났어요. 아버지와 삼촌들이 자살했지요. 그래서 자살에 무척 신경이 쓰입니다. 나는 곧 자살할 것 같은 사람들을 미리 알아보고 목록에 적어둡니다. 그리고 그 사람이 자살하는 날 그의 이름을 지우지요."

―필리프 쥘리앙도 그 목록에 들어 있었습니까?

―그렇습니다.

나는 헤밍웨이를 생각한다. 그의 자살은 흔히 안락사에 속하는 자살로 분류된다. 병이 들자 그는 쇠약해지는 것이 두려워 죽음을 선택했다. 그러나 그의 아버지도 자살했으며, 그가 아버지 헤밍웨이 박사가 사용한 총으로 자살했다는 사실을 떠올려볼 수 있다. 그가 단지 고통과 쇠락하는 삶의 굴욕을 피하려 한 걸까? 어쩌면 아버지가 한 일을 하려 했던 것은 아닐까. 그의 모든 작품이《누구를 위하여 좋은 울리나》에서 필라가 '곧 닥칠 죽음의 냄새'라고 부른 것에 젖어 있었음을 우리는 쉽게 증명할 수 있다.

마찬가지로 몽테를랑도 실명의 위협 앞에서 자신이 의사들의 손에 좌지우지되는 물건처럼 될까 겁을 먹고 아직 시간이 있을 때 삶을 떠나기로 결정했다. 그런데 그가 로마인들과의 빈번한 교우로 강하게 단련되지 않았다면, 그것을 통해 자발적 죽음이라는 고결한 생각을 갖게 되지 않았다면 그런 결말을 선택했을까?

몽테를랑이 자살했을 때 기이한 현상이 일어났다. 가장 보수적인 언론—가톨릭 신문들—조차도 한 인간이 언행일치를 보이는 것에 감탄해 그 행위를 실천에 옮긴 사람을 찬미했을 뿐 아니라 자살을 예찬하기까지 했다.

그런데 우리가 잘 아는 사람이 자살한 것을 알게 되면 이 온갖 장광설은 무례한 것이 되고 만다. 그 사람은 자기 목숨을 내놓았는데, 우리는 그저 말만 늘어놓을 뿐이기 때문이다. 우리는 잘난 척 떠드는 대신 그 사람을 구해낼 행동을 할 수도 있었을 것이다. 죽음만이 아니라 고독과 고뇌로부터 그를 구해낼 행동 말이다. 나는 잡지〈초현실주의 혁명〉이 자살에 관해 행한 설문에 프랑시스 잠이 한 대답을 이해한다. "당신들이 제기한 질문은 형편 없다. 만약 어떤 가련한 아이가 그 질문 때문에 자살한다면 당신들은 살인자가 될 것이다."

파스칼 피아도 동일한 설문에 똑같이 거부반응을 보였지만 다른 이유에서였다. "나는 가난하지만 가난한 이들을 좋아하고 싶지 않다. 신념이나 신념 결핍 때문에 자살하는 사람들은 언젠가는 희생양이 될 운명으로 태어난 것이다. 나는 빈약한 유령들에게 내 사랑을 베풀 생각이 없다. 나는 늘 자살자들이 몸값을 지불하는, 자기들이 끼지 못한 세상의 빚을 갚는 임무를 맡은 속죄 제물처럼 보였다. 그건 구역질나는 역할이어서 나는 그 역할을 맡고 싶지 않다."[53]

우리가 이런 고찰에 오래도록 머물고 싶지 않더라도, 일반적인 의미의 떠난다는 생각을 선호하더라도 한 가지 분명한 사실이 있다. 삶을 끝낼 권리는 개인의 자유에 속한다. 모든 자유와 마찬가지로, 그것은 우리의 삶을 독점적으로 처분하려고 서로 질투하는 교회와 국가에 맞서는 쟁취이다. 그것은 개인이 사회에 내놓는 대답이다. 왜 이 권리가 많은 작가들에게 각별한 의미를 갖는지 연구해봐야 할 것이다. 이를테면 20세기 일본 작가들 중 자살한 사람이 많다는 사실이 의미하는 바를 자문해봐야 할

---

53) 《자살에 관하여》, 르 디스크 베르, 1925년 1월.

것이다. 아쿠타가와 류노스케·다자이 오사무·미시마 유키오·가와바타 야스나리와 그 밖의 작가들 말이다.

어떤 문명인지 기억나지 않지만, 자살을 기도한 남녀들을 발가벗겨 철망 위로 끌고 다니며 처벌하는 곳이 있었다. 그렇게 함으로써 수치심이 자살하려는 욕구를 제어해주리라 기대했던 것이다.

'떠남'을 이해하는 두 가지 방식에 항상 매우 큰 차이가 있는 것은 아니다. 늙은 톨스토이는 죽음을 만나러 떠났다.

떠날 권리에 대해 우리는 가볍게 말하지 못한다. 그러나 자기 모순에 빠질 권리는 처음부터 훨씬 더 큰 창조적 상상을 끌어들인다.

시금치와 생 시몽이 유일하게 변함없는 자신의 기호였다고 말하면서 스탕달이 표현한 것은 항구적 유동성, 민첩한 정신의 피할 길 없는 변화이다. 자신이 좋아했던 것을 쉬이 불태우고, 자신이 불태웠던 것을 좋아하고 기쁘게 여기는 정신. 자신의 절개(시금치와 생 시몽에 대한)와 절개 없음(나머지 모든 것에 대한)의 변화만으로도 기뻐하는 정신.

몽테뉴는 거만함이 느껴지는 어조로 이렇게 말한 바 있다. "나는 내 영혼에 때로는 이런 얼굴을, 때로는 저런 얼굴을 부여한다. 영혼을 어느 쪽으로 눕히느냐에 따라."

루이 기유는 그의 작품《검은 피》의 영웅 또는 반反영웅인 크리퓌르에게 자기모순에 빠지는 것은 인간의 유일한 자유라고 말하게 한다.

모순은 즉각적인 소재이고, 일상의 경험이다. 우리는 모두 유명한 레몽 드보스의 개그 속에 어느 정도 존재하는 셈이다. 드보스는 양면이 번갈아 제시되는 동일한 사건을 이야기하며 웃고 운다. 나 역시 전혀 계제에 맞지 않는 상황에서 웃고 우는 경우가 있다.

프로이트 이후로 심리학은 우리가 우리의 자아를 얼마나 잘 통제하지 못하는지를 알게 해주고 자아의 단일성이 허상이라는 사실도 알게 해주었다. 우리는 상반된 힘이 서로 대적하는 전장戰場과 같다. 자기모순에 빠질 권리는 자각하는 충동과 감춰진 충동 등 여러 충동 사이에서 오락가락하는 있는 그대로의 자신을 받아들이도록 돕는다. 그 다양한 조건들의 노리개인 자아로 하여금 그 다양성을 이용해 거기서 적어도 자유롭다는 감정을 발견하는 법을 터득하게 해야 할 것이다.

자아의 단일성을 의심하는 용기를 가진 사람이 드문 것은 사실이다. 나는 그런 사람을 한 명 알고 있는데, 바로 엠마뉘엘 베를이다. 지속에 대해서만 이야기한 베르그송과 빈번한 만남을 갖고 있었지만, 베를은 스스로를 불연속적이고 다중적이라고 느꼈다. 그는 자신을 밀푀유[54]에 비유했다. 그 모든 자아 조각들이 그를 모순된 활동으로 이끌었고, 그 활동들에서 그는 단일한 개인을 알아보지 못했다. 거기에는 작가 · 정치적 관찰자 · 여자 뒤꽁무니를 쫓아다니는 바람둥이 · 아네모네 애호가 · 흡연자가 있었다. 이 모든 것 어디에 엠마뉘엘 베를이라고 불리는 인간이 있었을까?

자기모순에 빠질 권리는 모든 철학을 충격에 빠뜨린다. 왜냐하면 철학은 단일성을 추구하기 때문이다. 골칫거리는 "같은 강물에 두 번 발을 담글 수는 없다"고 한 헤라클레이토스의 고찰과 더불어 시작된다. 그러나 헤라클레이토스는 그 항구적인 변화에 서둘러 한계를 제시한다. 그는 네메시스 여신으로 상징화된 척도 개념을 내세운다. 철학은 변증법과 함께 보편적인 모순을 표현하면서 동시에 해결하는 박동을 발견하게 된다.

예술에서는 모순의 욕구가 바로크를 만들어냈다. 에우제니오 도르스는 코레조가 〈나를 만지지 마라〉라고 제목을 붙인 그림에 그린 그리스도의 몸짓에서 '바로크의 알고리즘'을 발견한다. "주여, 막달라 마리아가 당신 발 아래 엎드려 애원합니다. 당신은 그녀를 끌어당기면서 동시에 거부하고 있습니다. 당신은 그녀에게 손을 내밀면서 이렇게 말합니다. '나를 만지지 마라.' 당신은 곧

---

54) 프랑스식 페이스트리. '천 겹'이라는 뜻이다―옮긴이.

경에 처한 그녀를 지상에 남겨둔 채 하늘의 길을 가리킵니다. 죄를 이미 뉘우치고 있고, 뉘우치는 중에도 여전히 관능적인 그녀 역시 그 자체로 바로크스럽습니다. 주여, 그녀는 당신을 따르려고 무릎 꿇고 앉아 있습니다."[55]

우리의 실존은 돌이킬 수 없는 시간의 흐름을 통해 체험된다. 우리의 절망이 어떠하건, 그 흐름에서 벗어나기란 어머니 뱃속으로 돌아가는 것만큼이나 불가능하다. 그러나 시간은 자기모순에 빠질 권리를 제공함으로써 우리를 위로해준다. 그것은 우리로 하여금 동일성의 원칙을 피해 가도록 해준다. 우리는 희면서 동시에 검을 수 없다. 그러나 희다가 검을 수는 있다. 시간은 기습이고 부인否認이다. 자아의 시간성은 정신의 자유를 정당화해준다.

시간은 배움을 허락하고, 편견들을 버리게 하고, 진보하게 해준다. 내 나이의 남자들은 긴 삶을 살아왔다. 미사에 참석할 때 장갑을 끼고, 독일인들과 싸운 것을 자랑스러워하고, 아이를 갖게 될까 혹은 매독에 걸릴까 늘 겁을 냈다(매독에 대한 두려움은 새로운 이름을 달고 돌아왔다)…. 우리는 루이 필리프[56] 치하처럼 살아왔고 생각했다. 자기모순에 빠지지 않을 수가 없었다. 조금

---

55)《바로크에 대하여》, 갈리마르 폴리오 에세이, 29쪽.
56) 1773~1850, 프랑스의 왕. 1830년 7월 혁명으로 왕위에 올라 1848년 2월 혁명으로 제2공화정이 될 때까지 통치했다―옮긴이.

이 아니라, 사고방식을 아예 바꿔야 했다.

점점 길어지는 인간의 수명은 사랑의 수명보다 훨씬 길다. 우정의 수명, 문학·음악·예술에 대한 취향의 수명보다 길다. 나는 예전에 큰 열정을 느꼈던 작가들에 대해 지금은 전혀 관심이 없다. 내 관심사가 달라졌거나 아니면 그 작가들이 표현하는 관심사가 달라졌을 것이다. 그게 아니면, 이미 그 작가들을 두루 섭렵했기 때문에 그들과 만나는 것이 더이상 즐겁지 않은 건지도 모른다. 그것도 아니면, 너무 많은 사람들이 그들을 좋아하게 되어 내가 그 작가들과 맺고 있던 조금은 독점적인 우정(썩 좋은 감정은 아니다)이 훼손된 건지도 모른다. 그것도 아니면, 내 변덕이 그들의 작품을 다시 읽을 용기를 앗아가, 그냥 멀리서 그들을 존경할 뿐인지도 모른다. 어린 시절에 숭배한 신들에 대해서는 말할 것도 없다. 나이가 들면서 우리는 속 빈 우상들을 숭배했다는 사실을 깨닫는다. 불행히도 다시 읽고 말았지만, 나는 어린 시절에 알퐁스 도데를 무척이나 좋아했다! 그 애착에 대한 기억이 어찌나 강한지, 집에서 항상 보아온 갈색 장정의 낡은 책 한 권을 집어들기만 해도 기억이 떠오른다. 내용은 잊었다. 첫인상은 오늘의 독서보다 훨씬 강하다. '하찮은 것Le Petit Chose'[57]이라는 깃발 뒤에 줄지어 선 학대받는 아이들, 무시당한 고결한 여자들의

---

57) 알퐁스 도데의 자전적 소설 제목이자 주인공 다니엘에게 붙여진 별명—옮긴이.

무리 앞에서 우리가 눈물을 흘리도록 질책하고 호소하며 우리의 마음을 사려는 작가의 태도는 아무래도 좋다. 삶을 재현하는 것이 아니라 검증된 진부한 주제들을 재현해내는 그 자칭 자연주의는 아무렇든 좋다. 진짜 도데는 아무렇든 좋다. 내 어린 시절의 도데가 여전히 더 진짜이기 때문이다. 음산한 사를랑드 중학교에서 졸병 노릇을 해야 했던 다니엘 에세트, 사포를 품에 안은 장 고생, 불로장생주酒 타령을 하는 고셰 신부, 그리고 달콤한 몽상가 주아외즈 씨, 이 인물들을 사랑했기에, 고고한 문학 취향을 내세우며 그들을 부인하는 것은 나로서는 힘든 일이다.

《방앗간 소식》의 저자인 그에 대해 내가 알지 못했다가 나중에야 알게 된 사실은 말할 것도 없다. 알퐁스 도데가 에두아르 드뤼몽을 지지하고 도운 극렬 반反유대주의자였다는 사실. 레옹 도데의 아버지로 부족함이 없었다는 사실 말이다.

생각도 지친다(혹은 지치게 한다). 이를테면 예전에 나는 자발적 굴종에 관한 온갖 종류의 이론들을 알고 있었다. 라 보에시, T. E. 로렌스 등. 그러나 이제는 그런 것을 생각조차 하지 않는다. 나는 오랫동안 저자의 삽화가 곁들여진 《일곱 개의 기둥》 영어판을 갖고 싶어했지만 돈이 없었다. 훗날 그 책을 중고 서점에서 발견했고, 내 주머니에는 그걸 살 돈도 있었다. 하지만 그 책에 대한 관심은 이미 사라진 뒤였다.

가장 급진적이고 가장 잔인한 모순은 망각이다.

시간은 우리에게 점점 더 좁은 선택을, 그리고 결국엔 돌이킬 수 없는 선택을 강요한다. 청소년기의 불안은 선택해야만 한다는 데 대한 불안, 다시 말해 포기에 대한 불안이다. 소방관과 조종사, 교수와 수의사가 동시에 될 수는 없기 때문이다…. 훗날 잠시 걸음을 멈추고 서서 우리가 경험할 수도 있었을 그 모든 운명, 포기해야만 했던 그 모든 삶의 갈림길을 생각하면 바보처럼 눈물이 날 때가 있다. 우리는 자기모순의 필요 속에서 조르주 바타유가 "모든 것이 되고픈 욕구"라고 부른 것의 결과를 볼 수 있다.

저마다 안에 품고 있는 모순, 혹은 상반된 경향들은 상당한 양의 문학을 발효시키는 효모 역할을 했다. 《햄릿》의 주제는 행동과 질문 사이에 자리한 주인공의 머뭇거림이다. T. E. 로렌스는 햄릿을 모델로 삼은 것 같다. 그는 때로는 아랍의 저항을 중시하고, 때로는 내적 번민을 중시한다. 도스토옙스키의 인물들은 자기 자신에 맞서 끝없는 전쟁을 벌인다. 그 인물들 하나하나가 우리를, 단순한 독자들인 우리를 내면의 전투로 이끈다.

또 다른 유명한 예가 있다. 플로베르이다. 《감정교육》은 스스로를 부인하는 소설이다. 결말에 이르러 우리는 프레데릭 모로의 모든 이야기, 그의 꿈과 사랑과 환멸이 사춘기 때 사창가를 찾았을 때의 기억보다 중요하지 않다는 사실을 알게 되기 때문이다. "거기서 우리는 최고의 순간을 누렸지!" 이 한 문장이 우리가 간단히 믿어버린 그 아름다운 소설을 고발하고 무너뜨린다.

플로베르의 모순은 대개 조롱의 양상을 띤다. 그는 《보바리 부인》을 쓰기로 한 뒤, 농민 총회 연설을 일곱 번이나 다시 쓰는 고역을 치른다. 친구들이 그가 쓴 《성聖 앙투안의 유혹》을 형편없다고 평가했기 때문이다. 그후 그가 《살람보》를 쓰기 시작했을 때, 사람들은 그가 가련한 엠마가 언급한 시골 세계의 시시함에 대한 설욕을 하리라 생각했을 것이다. 그러나 그는 이렇게 말한다. "카르타고를 되살리는 시도를 하면서 얼마나 슬펐는지 짐작할 사람은 거의 없을 것이다!"

문학창작이 낳은 고백 가운데 이보다 더 무장 해제된 고백이 있을까. 크루아세라는 작은 마을에 칩거한 작가의 우울증 앞에 동양의 화려한 광휘며 역사며 죽은 문명 따위가 뭐 그리 대수였겠는가?

《부바르와 페퀴셰》는 전복된 조롱이다. 두 바보는 결국 저자를 연민에 빠뜨린다. 그들이 아무리 어리석다 한들 세상이 더 어리석어서 그들은 곧 우리 시대의 주인공이 될 수 있다.

숱한 의심과 부인否認, 표변 끝에 우리는 플로베르의 외침을 이해한다. "아! 내가 문체의 고뇌는 알게 되겠지!"[58]

이들은 자기모순의 욕구와 권리에 의해 조롱으로 이끌리는 일

---

58) 1866년 11월 27일 조르주 상드에게 보낸 편지,《서간집》3권, 갈리마르 플레야드 총서, 1991년, 566쪽.

파에 속한다. 조지프 콘래드는 기꺼이 거기에 넘어간다. 그의 작품《운명의 여신의 미소》만 인용하겠다. 이 작품은 진주에 비견되는 인도양의 어느 섬을 무대로 고상하고 신비로운 여자와의 사랑 이야기로 시작되어 감자 밀매에 관한 보고로 끝이 난다!

어떤 작가들은 마치 사고라도 당한 것처럼 한 작품 속에서 그런 악마 같은 욕구에 넘어간다. 이를테면 포크너의 별쇄본 소설《파일론》이 그렇다. 거부된 자비, 이루어질 수 없는 사랑, 오해를 다룬 이 책에서 포크너 식 저주는 부조리에 가깝다. 우스꽝스럽고 비장한 리포터는 그를 매료하는 조종사들 그리고 그가 사랑하는 여자를 도우려다가 오히려 곤경에 빠뜨린다.

사뮈엘 베케트의 세계에서 모순은 동시성 안에서 응축되고 생각의 더듬거림을 낳는다. 이를테면《몰로이》에서 그는 카뮈가《이방인》의 도입부에서 보여주는 명료성("오늘 엄마가 죽었다.")과 의도적으로 거리를 둔다. 유사한 상황을 환기하면서 그는 이렇게 쓴다. "이를테면 내 어머니의 죽음이 그렇다. 내가 도착했을 때 어머니가 이미 죽었던가? 아니면 그후에 죽었나? 내 말은, 땅에 묻어야 할 정도로 죽었느냐는 얘기다. 모르겠다. 어쩌면 아직 매장하지 않았는지도 모른다….".[59]

덜그럭거리는 반회전문처럼, 오락가락하는 문장들 사이로 불

---

59)《몰로이》, 에디시옹 드 미뉘, 1951년, 7쪽.

안이 밀려든다.

이 작가들에게 조롱은 사는 자와 삶을 판단하는 자 사이에서, 고통 받는 자와 고통 받는 것을 지켜보는 자 사이에서 오락가락 하는 흔들림이다. 자기 자신을 단죄하는 대가를 치르지 않고는 이 두 가지 태도를 동시에 받아들이지 못한다. 그러고 나면 조롱 밑바닥에서 자신에 대한 연민의 동요가 감미로운 슬픔을 안겨준 다. 작가는 그저 펜을 들기만 하면 된다. 작품 말미에 이르러, 그 는 바냐 아저씨가 그랬던 것처럼 지친 얼굴로 가계부를 쓰기 시 작한다. "2월 2일, 기름 20리터. 2월 16일, 또 기름 20리터…." 사 실, 그는 슬픔과 슬픔의 승화를 동시에 섞어 휘젓는 내면의 물결 에 반쯤 위로받는다.

모순 끝에는 침묵의 유혹이 있다. 우리는 무엇을 위해 글을 쓸 까? 누구를 위해? 소통의 욕구를 느끼지 않고 작가가 될 수 있을 까? 그리고 소통은, 혹은 소통 거부는 개인에게 제기되는 가장 까다로운 문제 가운데 하나가 아닌가?

조르주 바타유는 이렇게 썼다. "소통 거부는 한결 적대적이지 만 가장 강력한 소통방법이다…."

그러니 자신의 고독이나 절망을 말하기 위해 글을 쓰는 사 람들에 대해 뭐라고 말할 수 있을까? 모리스 블랑쇼는 말한다. "'나는 혼자다'라고 쓰는 작가 혹은 랭보처럼 '사실 나는 무덤 저편에서 왔다'라고 쓰는 작가는 자기 자신을 꽤나 웃긴 사람으로 평가하는 셈이다. 자신의 고독을 의식하면서 독자를 상대로 말하는 것이, 인간이 혼자이길 막는 방법을 이용하는 것이 우스운 것이다."[60]

문체의 아름다움과 조화를 이룬 절망은 완전한 절망이 아니다. 블랑쇼의 말처럼 "자신의 비참을 표현함으로써 자신을 감탄할 만한 사람으로 만드는"건 뭔가 수상쩍다.

침묵에는 그 어떤 말보다, 그 어떤 글보다 더 전복적인 힘이 있다. 마르셀 아를랑에게 "가장 보기 드문 대담함은 파괴가 아니라 거부다. 말하는 것보다 더 큰 폭력. 그렇다, 그건 침묵이다."

다른 많은 이들과 마찬가지로 침묵의 유혹을 받으면서도 글을 너무 많이 쓴 나는 파스칼 피아[61]라는 인물에 여전히 사로잡혀 있다. 젊은 시절 그는 시를 썼다.《쐐기풀 꽃다발》. 이 시집이 갈리마르 출판사에 출간되기 직전에—1924년이었다—그는 책을 회수했다. 그는 문학 위에 침묵 외에는 아무것도 두지 않았다. 그의 거부에는 반사회적 태도가 있었다. 하지만 그러지 못할 게 뭐 있겠는가? 소설《출신지》에서 비알라라는 이름으로 그를 대단히 충실하게 그려낸 에디 뒤 페롱은(에베를레라는 이름으로 앙드레 말

---

60)《헛발》, 갈리마르, 1971년, 9쪽.
61) 1903~1979, 프랑스의 작가. 본명은 피에르 뒤랑이다—옮긴이.

로를 그려 보이기도 했다) 그로 하여금 이런 말을 하게 한다. 아마도 그가 실제로 한 말로 보인다. "재능은 인간이 미처 알아차리기도 전에 인간을 거세한다. 당신의 책들이 꽤나 아름다워서 적수마저 감탄할 정도라면, 또는 당신에게 상이라도 안겨준다면 끝장이다. 당신은 문학을 숭배하게 되고, 앞으로는 민족 예술의 지고한 영광만을 위해 일할 것이다."[62]

우리가 조금이라도 개인주의자라고 느낀다면… 고민해봐야 할 문제다. 문학에 대한 숭배, 민족 예술의 지고한 영광….

침묵의 신봉자인 파스칼 피아에게는 분명 선구자들이, 어둠 속에 남아 있기로 선택한 특출한 사람들이 있었다. 그런데 그걸 어떻게 알까? 어쨌든 우리는 그중 한 사람을 안다. 그는 《어느 염세주의자의 연구와 고찰》을 출판하길 거부한 쇼펜하우어의 제자 폴 샬멜 라쿠르(1827~1896)이다. 이 철저한 염세주의자는 살면서 도지사였고, 국회의원이었고, 대사였고, 장관이었다.

피아는 자기모순에 빠질 권리와 떠날 권리에 관해 보들레르가 한 말을 종종 인용했다. 나는 피아에게서 그 말을 인용한다. 카뮈의 《작가수첩》[63]에서도 그 말을 찾아볼 수 있는데, 카뮈 역시 그에게서 인용했다. 신념 있는 무신론자였던 그가 아직 살아 있다

---

62) 《출신지》, 갈리마르, 1980년, 98쪽.
63) 《카뮈 전집》 2권, 갈리마르 플레야드 총서, 2006년, 881쪽.

면 그 두 권리에 신성모독의 권리를 덧붙였을 거라 생각한다. 오늘날 앞선 신들과 마찬가지로 어리석은 객설을 앞세워 신자들을 종속 상태로 내몰 신들—어떤 신들은 그들의 제국을 전쟁으로 몰아넣고, 또 어떤 신들은 죽음을 언도한다—이 남녀들을 살아 있는 폭탄으로 바꿔놓기 때문이다. 먼 나라의 신문에 그들 선지자의 희화화된 풍자화가 실리기만 해도, 그들은 온 거리를 피와 불바다로 만들 수 있다.

몇 년 전만 해도 이 정도는 아니었다. 그래서 파스칼 피아는 보들레르가 말한 두 가지 권리에 침묵의 권리를 덧붙였고, 생애 말엽에는 죽음의 권리를 주장했다. 그는 자신이 죽고 난 뒤 사람들이 자신에 대해 말하거나 글을 쓰는 걸 금지했다. 그럼에도 그의 충직한 친구이자 배신자인 우리 몇몇은 그에 대한 기억을 평온히 놓아두지 않았다.

직접 체험한 이 본보기에 허구의 인물을 결부시키고 싶은 마음이 든다. 바로 작가 바틀비이다. 행복한 소수의 사랑을 받는 멜빌 단편의 이 주인공은 요즘 한껏 인용되고 활용된다. 그걸 부인할 마음은 없다. 바틀비는 우리가 이해하는 의미의 작가가 아니라 필경사로, 수취인 불명 우편 취급소에서 일한다. 그는 모든 일에 이렇게 대답한다. "저는 하지 않는 쪽을 택하겠습니다."

수취인 불명 우편이라! 우리 같은 사람들에게는 얼마나 의미심장한 은유인가! 침묵의 길 위에 선 우리에게 용기를 불어넣어

줄 성스러운 지도자가 필요하다면, 나는 서슴지 않고 바틀비를
추천하겠다.

아마도 독자는 내가 스무 번째 권리인 침묵의 권리에 관해 수다
를 너무 많이 떨었으니 이제 그만 그 권리를 실천할 때라고 생각
하리라.

사
생
활

미디어의 발달은 작가를 조명 아래에 세운다. 요즘 글쟁이들이 사회에서 위엄과 신망을 많이 잃긴 했지만. 어떤 작가들은 스타들이나 받는 요란한 대접을 받는다. 대개는 자신들이 자초한 결과다. 미셸 콩타는 "누군가에 대해 공인의 이미지를 만들어냈다는 이유만으로 그 사람에 관한 모든 것을 알 권리를 제공하는 미디어 전체주의"에 대해 이야기한다. 뮈세와 조르주 상드, 단테와 베아트리체, 페트라르카와 라우라, 바이런이나 샤토브리앙 같은 자기 연출가들까지 거슬러 올라가지 않더라도, 사르트르와 보부아르만 생각해봐도 이 현상은 그다지 새로운 것이 아니다. 요즘엔 인물이라는 범주에 이름이 올랐다고 작가 행세를 하는 엉터리 문인들도 눈에 띈다.

제라르 드 네르발은 오늘날엔 상상하기 힘든 상황에서 대중 앞에 폭로된 제물이었다. 쥘 자냉은 1841년 3월 1일 자 〈주르날 데 데바〉에서, 알렉상드르 뒤마는 1853년 12월 10일 자 〈르 무스크테르〉에서, 외젠 드 미르쿠르는 1854년 '레 콩탕포랭' 총서 의 짧은 저술에서 친구 네르발의 정신이상에 대해 공개적으로 말한다. 가련한 네르발은 1854년 6월 12일 아버지에게 보낸 편지에서 미르쿠르의 소책자에 실린 '고인의 약력'을 언급하며, 사람들이 자기를 '소설 주인공'으로 만들었다고 말한다. 그는 자신의 책《불의 딸들》에 알렉상드르 뒤마를 향한 헌사 겸 서문을 쓴다. "존경하는 스승님,《로렐라이》[64]를 쥘 자냉에게 헌정했듯이, 이 책을 당신께 헌정합니다. 당신께 감사하는 것과 같은 이유로 그 사람에게도 감사할 일이 있었지요. 몇 년 전 그 사람은 저를 죽은 사람으로 여기고 제 약력을 썼습니다. 그리고 며칠 전 당신은 저를 미친 사람으로 생각하고 제 정신의 비문碑文으로 더없이 매혹적인 글을 몇 줄 쓰셨더군요. 엄청난 영예가 추정상속으로 저에게 굴러떨어졌습니다."[65]

한 작가의 작품을 이해하는 데 그의 사생활을 아는 것이 중요할까?

---

64) 1852년에 출간된 네르발의 독일 여행기―옮긴이.
65) 《네르발 전집》3권, 갈리마르 플레야드 총서, 1993년, 449쪽.

이 논쟁은 마르셀 프루스트가 쓴 《생트뵈브 반박》에서 떠들썩
하게 시작되었다. 프루스트는 교양 있고 세련된 사람인 생트뵈
브가 동시대 작가들의 가치에 대해 놀라울 정도로 줄기차게 잘
못 생각했다고 주장한다. 왜일까? 질투심으로는 설명되지 않는
일이다. 그가 스탕달이나 보들레르처럼 그다지 인정받지 못한
작가들을 질투하지는 않았을 것이다. 문제는 그의 방법론이다.
생트뵈브는 과학적인 태도를 갖고 싶어하는 것이다.

그는 이렇게 쓴다.[66]

"내가 보기에 문학은 인간의 나머지 부분과 별개일 수 없거나
적어도 분리될 수 없다…. 한 인간, 다시 말해 순수한 정신만으로
이루어지지는 않은 한 인간을 알기 위해 지나치게 많은 방식과
관점을 가지고 접근할 수는 없을 것이다. 우리가 혼자 내심으로
일지언정 한 작가에 관해 상당수의 의문을 제기하고 그 의문들
에 대답하지 않는 한, 우리는 그를 온전히 알아냈다고 확신할 수
없다. 그 의문들이 그가 쓴 글의 특성과 아주 묘하게 닮았을지라
도. 그는 종교에 대해 어떻게 생각했나? 자연경관에서 어떤 영향
을 입었나? 여자나 돈 문제와 관련된 일에는 어떻게 행동했나?
그는 부유했나, 가난했나? 일상을 살아가는 그의 방식은 어떠했
고, 생활태도는 어떠했나? 그의 악습이나 약점은 무엇이었나?

---

66) 《새로운 월요일들》 3권. 칼망레비, 1868~1884, 28쪽 이하.

이런 질문들에 대한 대답은 저자와 그의 책을 판단하는 데 무의미하지 않다….”

생트뵈브는 결국 스스로 문학식물학을 하고 있다고 생각했다.

프루스트는 그런 지식이 아무 짝에도 쓸모없고, 심지어 독자를 길 잃게 만들 수도 있다고 생각한다. “책이란 우리가 습관 속에, 사회 속에, 우리의 악덕 속에 표현하는 자아가 아닌 다른 자아의 산물이다. 내면 깊은 곳에 그 자아를 다시 만들어내려고 애쓸 때 우리는 그것을 제대로 이해할 수 있다. 우리의 이 내적 노력은 무엇으로도 면제될 수 없다.”[67]

프루스트는 이렇게 쓰기도 했다. “스탕달의 친구였다는 사실이 어째서 그를 더 잘 판단하게 해줄까? 오히려 방해가 될 수도 있을 텐데.”[68]

스탕달과 스탕달의 친구들을 알았던 생트뵈브는 스탕달의 소설을 “솔직히 고약하다”고 생각했다.

프루스트가 생트뵈브를 비난하는 것은 그가 “문학활동을 제대로 인지하지 못한다는 점 때문이다. 우리가 고독 속에서 우리의 것인 만큼 다른 사람들의 것이기도 한 말들을 하지 않음으로써 그 말들과 더불어, 아니면 홀로, 우리 자신이 아닌 채 사물들

---

67) 《생트뵈브 반박》, 갈리마르 플레야드 총서, 1971년, 221쪽.
68) 같은 책, 222쪽.

을 판단하고, 다시 우리 자신과 마주하고, 우리 심장의 진짜 소리를—그리고 대화를!—듣고 표현하는 문학활동을."[69]

프루스트는 발자크의 사생활을 알고, 발자크가 자기 가족과 안스카 부인에게 쓴 편지들을 알기 때문에 그를 저속한 사람이라고 생각하면서도 작가 발자크에 감탄한다. 스테판 츠바이크도 같은 의문을 제기한다. 그는 작가 발자크를 존경하고, 인간 발자크를 좋아할 이유들을 찾는다. 그러다가 발견하지 못하자 격분한다. 그는 천재성은 설명 불가능한 것임을 깨닫는다.

가에탕 피콩은 프루스트가 그토록 격렬하게 생트뵈브와 정반대의 입장을 취한 것은 그로서는 천재성이 지성의 비밀이 아닌 다른 비밀에 토대를 두고 있다고 믿을 필요가 있기 때문이라고 생각한다. 경박하고 공허한 삶을 사는 실패자도 걸작을 창작할 수 있다고 믿고 싶은 것이다. 사실 프루스트의 경우부터 시작해 이런 의문을 제기하지 않을 수 없다. 차마 견디기 힘든 그 속된 인간이, 뤼시앙 도데가 '끔찍한 벌레'라고 부른 인간이 어떻게 《잃어버린 시간을 찾아서》의 저자일 수 있을까?

폴 발레리는 레오나르도 다 빈치에 관한 유명한 논문을 예술가와 그의 작품을 갈라놓는 거리를 인상적인 방식으로 표현하는 말로 끝맺는다. "진짜 레오나르도로 말하자면, 존재했던 그 사람

---

69) 같은 책, 224쪽.

이다…."[70]

플로베르라면 아마 친구인 생트뵈브에 맞서 프루스트 쪽에 섰을 것이다. 1859년 8월 21일 그는 에르네스트 페도에게 평소처럼 노골적으로 이렇게 쓴다. "이젠 더이상 살 수가 없네! 우리가 예술가이기 때문에, 식료품 가게 주인·검사관·세관원·구두 수선공 등은 우리의 사생활에 대해 이야기하며 재미있어하지! 머리가 갈색인지 금발인지, 농담을 잘하는지 침울한지, 나이를 얼마나 먹었는지, 술은 좋아하는지, 아니면 하모니카를 좋아하는지 등을 알고 싶어해. 하지만 나는 작가는 작품만 남겨야 한다고 생각하네. 작가의 삶은 중요하지 않아. 누더기는 필요 없어!"[71]

그는 이렇게 단언하기까지 한다. "예술가는 후대로 하여금 그가 실제로 살았던 존재가 아니라고 믿게 해야 해."[72]

체호프 역시 프루스트 편에 섰을 것이다. 그는 《작가수첩》에 이렇게 썼다. "인간들을 평가하는 것은 얼마나 즐거운 일인가? 책을 읽을 때 나는 그 저자가 카드놀이를 좋아했는지, 카드놀이를 했는지 따위엔 신경 쓰지 않는다. 그들의 탁월한 작품만을 알 뿐이다."[73]

---

70) 《레오나르도 다빈치의 방법서설. 주석과 여담》, 《발레리 작품집》 1권, 갈리마르 플레야드 총서, 1959년, 1233쪽.
71) 《서간집》 3권, 갈리마르 플레야드 총서, 1991년, 35쪽.
72) 루이즈 콜레에게 보낸 편지, 《서간집》 2권, 갈리마르 플레야드 총서, 1980년, 62쪽.
73) 《네 편의 단편소설. 작가수첩》, 칼망레비, 1957년, 209쪽.

마찬가지로 헨리 제임스는 《진짜 해야 할 것》이라는 단편에 이렇게 썼다. "(…) 때때로 그의 친구는 존슨이나 스콧 같은 작가들을 떠받드는 보즈웰[74]과 록하트[75]의 경우만 제외하고, 한 작가의 '문학' 경력만 회고하는 데 그치는 편이 낫다고 주장했다. 예술가는 자신의 작품 속에 온전히 자리하고 있기 때문이다."[76]

위의 환상동화 속에는 죽은 작가의 유령이 나타나 사람들이 그의 전기를 쓰지 못하도록 막는다.

프루스트는 매우 완고해 보인다. 그는 작가에게는 일면의 진실이 있으며, 사회적 외양이나 사생활을 통해 설명할 수 없는 신비스러운 존재로 남아 있는 천재의 경우에는 특히 그렇다고 말한다. 그러나 《장 상퇴유》에서는 자기 이론과 상반되는 주장을 내놓는다. "(…) 우리의 삶은 우리의 작품과 결코 분리되지 않는다. 내가 여러분에게 이야기하는 모든 장면을 나는 직접 체험했다."[77]

그런데 《장 상퇴유》와 《잃어버린 시간을 찾아서》에 나오는 인물들은 대개 조심성이 없고, 가까이서 접하는 예술가들에 관해

---

74) 제임스 보즈웰, 1740~1795, 영국의 전기 작가. 새뮤얼 존슨의 제자로 그의 전기 《존슨전(傳)》을 썼다―옮긴이.
75) 존 깁슨 록하트, 1794~1854, 영어권에서 《존슨전》 다음으로 최고의 전기로 꼽히는 월터 스콧의 전기를 쓴 스코틀랜드 출신 작가―옮긴이.
76) 《발레리 집안의 마지막 후손》, 알뱅미셸, 1960년, 306쪽
77) 갈리마르 플레야드 총서, 1971년, 490쪽.

모든 것을 알고 싶어 한다.

프루스트의 관점과 유사한 관점을 가진 프로이트는 레오나르도 다 빈치 및 다른 몇몇 인물들의 사생활을 줄기차게 파헤친다.

J. B. 퐁탈리스는 프루스트와 프로이트가 생트뵈브가 주장한 방법론의 반대자로 나선 것은 사람들이 그들의 사생활을 파헤치는 걸 원치 않기 때문일 거라고 짓궂게 암시한다. 예를 들어 쥐를 고문하는 프루스트의 변태적 행동을 사람들이 알게 되면…. 하지만 타인들의 사생활일 뿐이다!

니체도 이 문제를 고려했지만 관점이 다르다. 그는 만약 우리가 한 작가를 안다면, 그의 작품과 인물에 대한 우리의 견해는 그 사실로 인해 변질된다고 생각한다.

"우리는 우리가 아는 사람들(친구와 적)의 책을 이중으로 읽는다. 친분이 우리에게 계속 속삭이기 때문이다. '이건 그 사람의 특징이야. 이건 그 사람의 뿌리 깊은 본성을 드러내는 특징이고, 그 사람이 살아온 최고의 순간들이고, 그 사람의 재능이야.' 동시에 그 작품 고유의 기여하는 바가 무엇이고, 그 작품이 어떤 평가를 받아 마땅한지, 어떤 깊은 앎을 우리에게 가져다주는지 밝히려고 애쓰게 된다. 이 두 종류의 독서와 평가가 서로 방해된다는 것은 말할 필요도 없다."[78]

---

78) 《인간적인, 너무도 인간적인 1》, 갈리마르 폴리오 에세이, 157쪽.

그러나 작품이 삶을 통해서만 설명되는 경우들은 어떤가? 그런 방식의 앎을 왜 차단해야 하는가?

문맹자들 계층에서 보낸 알베르 카뮈의 비참한 어린 시절을 알면(그는 첫 책《안과 겉》과 마지막 책《최초의 인간》에서 자신의 어린 시절을 이야기했다), 문학을 대하는 그의 엄밀하고 경건한 태도와 격조 높은 문체를 이해할 수 있다. 마찬가지로, 바다와 태양 가까이에서 보낸 그의 청소년기며 그를 줄곧 위협한 질병은 그의 작품에 담긴 정신을, 그의 사상을 상당 부분 설명해준다.

결국 이 점에서는 프루스트의 생각이 옳았다고 할 수 있는데, 저자가 단순한 제조업자가 아니라면, 저자가 내면의 자아를 책 속에 끌어들였다면, 독자는 그 자아에 끌리게 된다. 독자는 바로 그 개인적이고 사적인 부분을 텍스트 아래에서 찾을 것이다.

1922년, 청년 아라공은 이런 글을 썼다. "(…) 본능은 내가 읽고 있는 것 안에서 그 저자를 찾고 발견하도록, 글 쓰고 있는 그를 살피도록, 그가 이야기하는 것이 아니라 그가 말하는 것을 듣도록 너무도 격렬히 부추긴다. 결국 시·소설·철학·잠언 등 문학 장르의 구분이 사소하게 여겨진다. 모든 것이 내게는 똑같이 말들일 뿐이다…."

프로이트는 모든 아이들이 '가족 소설'을 지어내고 나중에는 그것을 억압한다는 사실을 보여주었다. 작가는 가족 소설, 아니면 적어도 개인적인 소설을 계속 지어낸다. 마르트 로베르는 소설가가 자신의 감정교육 · 견습 시절 · 잃어버린 시간을 동시에 이야기한다고 말한다. 소설가의 역설은 자신의 비밀을 백지에 털어놓는다는 데 있다. 그렇긴 해도 소설가는 허구의 형태 아래 그 비밀을 세심하게 감춘다.

자신의 많은 부분을 내놓는 건 소설가들만이 아니다. 그것은 시인들의 방식이기도 하다. 애가哀歌 시인들만 그런 것이 아니다. 소설이라는 장르가 시작되기 훨씬 전부터 수세기 동안, 다양한 문명의 시인들은 자신의 시에 삶 · 사랑 · 번민 · 분노 · 종교적 감정 · 유배를 이야기하며 감정을 토로했다…. "렐리오 · 옥타브 또는 아르튀르라는 이름으로 소설 속에 자신이 그리는 것이, 혹은 시집 속에 자신의 내밀한 감정을 드러내는 것이 겸허한 태도일까?"라고 제라르 드 네르발은 묻는다. 친구들이 그의 사생활과 질병을 공개했다는 사실은 그에게 이런 논거를 제공한다. "그런 사적인 격정을 털어놓는 우리를 용서하시라, 영예로운 혹은 망가진 모습으로 모두의 눈길 아래 사느라 더이상 무명의 특혜를 누리지 못하는 우리를."[79]

현대시는 추상 쪽으로 나아가며, 공기가 희박한 세상 속에 자리하고 있으므로, 사적인 삶과는 거의 무관하다고 생각할 수도 있을 것이다. 그러나 이 또한 늘 사실은 아니다. 수학에 의거해

---

79) 《네르발 전집》 3권, 갈리마르 플레야드 총서, 1993년, 686쪽.

현학적인 시를 쓰는 자크 루보조차 《검은 무엇》에서 대단히 개인적인 불행을 이야기한다.

이 문제는 드라마 작가 · 영화인 · 심지어 에세이 작가에게서도 발견된다. 철학자 장 폴 사르트르 · 미셸 푸코 · 롤랑 바르트에게서도 아주 잘 감지된다. 데카르트도 이미 《방법서설》에 자전적 요소를 집어넣은 바 있다. 이 중요한 에세이에서 그는 "네덜란드의 난로 피운 방 안에서" 겨울 한 철 내내 숙고하는 자신의 모습을 그린다.

그러므로 오고 감의 움직임이, 변증법이, 거의 모순이 있다. 우리는 자기 세계에 칩거하지만, 그것은 타인들과 더 잘 소통하기 위해서다.

자신의 사생활에서 착상을 얻을 때, 저자는 아무리 그것을 미화하고 변형할지라도 개인적 수줍음의 문제에 봉착하게 된다. 그는 단순히 경솔한 언동을 넘어서서 자신의 내면 깊이 묻혀 있는 것을 드러내려고 애쓰게 될 것이다.

훌리오 코르타자르는 넌센스를 좋아하는 취향을 드러내며 "예술가가 우아하게 뒤로 물러나 있는 자화상"[80]에 대해 이야기한다. 이 재담은 많은 작가들이 갈망하는 것을 드러내준다. 그 자리에 있지만 눈에 띄지 않고, 자기 자신에 관해 이야기하지만 그렇

---

80) 《마지막 단계》, 《부당한 시간》, 갈리마르, 1982년, 14쪽.

게 보이지 않는 것.

우리가 글에 양분을 제공하려고 자신의 실체를 내놓는 것을 가리켜 스콧 피츠제럴드는 '치러야 할 값'이라고 부른다. "나는 내 감정에 많은 것을 요구했다—120편의 단편소설을. 키플링이라면 아마 엄청난 대가라고 말했을 것이다. 왜냐하면 그 단편소설 한 편 한 편에 내 피도 · 내 눈물도 · 내 정액도 아닌, 그보다 더 내밀한 내 안의 뭔가가 한 방울씩 섞였기 때문이다. 그것은 내가 필요 이상으로 가진 무엇이었다."[81]

스콧 피츠제럴드는 자신의 이야기를 넣지 않고는 글을 쓰지 못했다. 심지어 창작력을 잃었을 때조차 그는 자신의 불안감을 파고들어 산문집 《붕괴》를 썼다.

또 한 명의 미국 작가 존 도스 패서스, 지나치게 띄워졌다가 지나치게 무시당하고 있는 그는 고백 문학과 연출 문학을 구분했다. 물론 그는 《맨해튼 트랜스퍼》《USA》 3부작 등의 자기 책들을 연출 문학으로 분류했다. 그러나 나는 연출 아래에서 고백을 발견할 수 없다고는 확신하지 못하겠다.

젊은 소설가의 첫 책은 대개 자전적이다. 그러나 그 순간은 가장 경험이 적은 순간이다. 다른 소설가들, 어쩌면 최고의 작가들은 가장 사적인 것, 자기의 삶이나 자기 가족 이야기 중 가장 내

---

81) 《F. 스콧 피츠제럴드의 작가수첩》, 하코트 브레이스 조바노비치, 885쪽.

밀한 것은 나중을 위해 간직해둔다.

반대로 어떤 이들은 비밀을 숨기기 위해 글을 쓰는 것처럼 보인다. 폴 장 툴레는 솔직히 말해 그 시대의 가장 추악하고 상투적인 생각, 다시 말해 반유대주의에 사로잡힌 진부한 소설들 속에서도, 그보다 훨씬 매혹적인 그의 시에서도, 자기 자신에게 쓴 편지들 속에서도 상처를 드러내 보이지 않는다. 그의 친구들은 그가 마음속 깊이 상처 입은 사람이라는 것을 알고 있었다. 그런데 무엇에 상처 입었는가? 누구에게 상처 입었는가? 그의 시의 아름다움 중 하나는 가벼움과 환상 너머로 슬픔의 베일이, 어쩌면 절망의 베일이 나부끼는 것이 보인다는 데 있다. 우리는 감춰진 비밀을 끝내 알지 못할 것이다. 《반운反韻》의 마지막 4행이 도전하듯 주장하는 바가 그렇다.

사는 것이 의무라면, 의무를 대충 채웠을 때
적어도 내 수의가 비의秘衣처럼 쓰이도록,
포스틴, 죽을 줄을, 그리고 입을 다물 줄을 알아야 해.
질베르처럼 제 열쇠를 집어삼키고 죽을 줄 알아야 해.[82]

(서른 살에 광기 발작으로 자신의 열쇠를 삼키고 죽은,《불행한 시

---

82) 에디시옹 뒤 디방, 1921년, 146쪽.

인》의 저자인 시인 니콜라 질베르에 대한 암시.)

한 인간의 삶에는 세상 무엇을 주어도 결코 말할 수 없는 비밀 한두 가지는 항상 있다. 비밀스러운 해변이 있다. 그러나 그 사람이 작가라면 소설 속에 감춰진 그 해변들을 아마 발견할 수 있을 것이다.

디킨스는 매우 불행한 어린 시절을 보냈다. 그의 부모의 방종과 이기주의가 문제였다. 말이 많았고 빚 때문에 자주 감옥을 들락거렸던 그의 아버지는 미코버 씨의 모델이 된다. 《데이비드 코퍼필드》의 11장에는 디킨스가 열두 살 때 겪은 체험이 거의 그대로 실려 있다. 그는 주급 6~7실링을 벌기 위해, 상상하기 힘든 수모와 비참한 조건을 견디며 악취 나는 창고에서 왁스 병 포장하는 일을 했다.

디킨스는 《데이비드 코퍼필드》를 위해 그 경험을 활용하는 것을 망설이지는 않았지만 그 기억을 최대한 비밀로 묻어두려 했다. 그 이야기를 하는 것을 거부했다. 런던에서는 너무도 불행한 기억이 있는 장소를 피해 가려고 길을 우회하기까지 했다. 자전적인 어떤 글에서 그는 이렇게 말한다. "내 어린 시절의 이 부분에 대해서는 누구에게도 결코 말하지 않았다…. 이 글을 쓰고 있는 지금 이 순간까지 단 한 번도 누군가에게 그걸 털어놓기 위해 그 시절에 내린 커튼을 걷어올린 적이 없다. 내 아내도 예외는 아니었다. 헝거포드의 오래된 시장이 쇠락할 때까지, 헝거포드의 오래된 계급들이 파괴될 때까지, 그 땅의 본질 자체가 바뀔 때까지 나는 결코 나의 굴종이 시작된 그 장소를 다시 찾아갈 용기를 내지 못했다. 그곳에 결코 다시 가지 못했다. 그곳 가까이 다가가는 것조차 견딜 수 없었다. 그 오랜 세월 동안, 스트랜드에서 로버트 워렌스 가까이로 가면 나는 왁스 뚜껑에 바르던 유약 냄새를 피하기 위해 반대편 인도 쪽으로 길을 건너곤 했다. 예전의 나를 떠올리게 하는 냄새였다. 내가 챈더스 스트리트를 거슬러 올라가며 기쁨을 느낄 수 있기까지는 오랜 시간이 필요했다. 내 맏아들이 말을 하게 되었을 때도 나는 버러에 가기만 하면 눈물이 났다."

이렇듯 찰스 디킨스와 데이비드 코퍼필드, C. D.와 D. C.는 모멸당한 어린아이 속에서 다시 만난다. 모멸은 대부분의 사람들이 견뎌내지 못하는 감정이다. 그러나 그것은 많은 책에 영감을 주었다. 망각되고 평생 무시당한 작가 레옹 아레가는 내가 잘 아는 어떤 소설에 대해 나에게 이렇게 말하곤 했다. "이건 모멸에 관한 개론서야." 이 말은 큰 찬사였다. 체호프의 단편소설들에서 모멸당한 아이를 찾기란 쉬운 일이다. 사람들은 그의 말을 백 번도 더 되풀이했다. "어릴 적 나는 어린 시절을 갖지 못했어."

《데이비드 코퍼필드》에 나오는 속내 이야기는 의식한 것이다. 그러나 대부분의 소설에 나오는 속내 이야기는 그렇지 않다. 그것은 환상과 강박관념의 형태로 나타난다. 이를테면 도스토옙스키의 경우, 《악령》 《죄와 벌》 《영원한 남편》에서 어린 소녀를 강간하는 일에 대한 암시를 찾지 못하기란 불가능하다.

조지프 콘래드의 관점은 꽤나 기이하다. 그는 자신의 내밀한 존재를 용기 내어 드러내 대중을 감동시키려면 재능이 필요하다고 생각했다. 그런 효과를 내지 못하면 웃음거리가 된다는 것이다. "모든 소설이 자전적 요소를 담고 있는 것이 사실(이것을 부인하기란 어려울 것이다. 창작자는 자신의 창작물 속에 자신을 표현할 수밖에 없기 때문이다)이지만, 우리 중에는 매우 내밀한 감정을 늘어놓는 데 주체할 수 없는 혐오감을 느끼는 사람들도 있다. 무거운 입의 미덕을 부당하게 칭찬하고 싶지는 않다. 그건 대개 기질의 문제일 뿐이고, 반드시 냉정의 징표는 아니다. 자존심 때문일 수도 있다. 진짜 감정을 실어 날린 창이 과녁을 맞히지 못하는 것보다 모멸적인 일은 없다. 웃음의 과녁이건 눈물의 과녁이건 말이다. 그보다 더 모멸적인 일은 없다. 게다가 확실한 이유가 있다. 과녁을 놓치면, 독자를 감동시키지 못한 감정은 영원히 혐오나 경멸 속으로 떨어질 수밖에 없기 때문이다."[83]

1970년에 세르주 두브로브스키가 '팩션'이라고 이름 붙인, 한창 유행하더니 결국 서점 진열대를 뒤덮은 쓰레기가 되고 만 장

---

83) 《사적 기억들》, 《콘래드 전집》 1권, 갈리마르 플레야드 총서, 1987년, 863쪽.

르의 저자들은 그런 것을 두려워하지 않는 것 같다.

때때로 가장 비개인적인 작품이 저자에게는 더없이 내밀한 무언가를 의미하기도 한다. 멜빌의 위대한 우의적인 소설《모비 딕》의 경우가 그렇다. 저자는 이 작품에서 대大신화와 자기 자신의 번민을 융화시켰다. 에이허브의 절망에 찬 물음과 난폭함은 그의 것이다. 또 하나의 신화를 낳은 책인《페스트》는 이별에 관한 소설이기도 하다. 왜냐하면 카뮈는 전쟁이 그를 알제리와, 아내와, 지인들과 갈라놓고 고립시켰을 때 이 작품의 일부를 썼기 때문이다. 버지니아 울프의《올랜도》는 저자에게 소중한 인물인 비타 색빌 웨스트의 초상화이면서, 환상적이고 경이로운 소설로 제시된다.《이상한 나라의 앨리스》같은 환상 세계에서 도지슨[84]은 앨리스 리델을 향한 자신의 열정을 우리에게 털어놓는다.

글을 쓰기 시작한다는 사실 자체가 저자의 더없이 내밀한 세계에 기인하는 한 가지 이유를 가정한다. 앞에서 나는《살람보》를 쓰도록 자신을 내몬 슬픔에 대해 이야기 한 플로베르의 말을 인용한 바 있다.

주석가들은 프루스트와 존 쿠퍼 포이스가 어머니의 사망 후에야 위대한 소설을 썼다는 사실을 빠뜨리지 않고 짚었다. 심지어

---

84) 찰스 루트위지 도지슨(1832~1898), 필명은 루이스 캐럴이다. 옥스퍼드 대학교 수학 교수로 재직할 때 리델 학장의 둘째 딸 앨리스 리델에 매료되어, 앨리스를 주인공으로 한 동화《이상한 나라의 앨리스》를 썼다고 한다―옮긴이.

이렇게 말할 수도 있을 것이다. 제대로 쓰기 위해 어머니가 사망하기를 기다렸다고….

무의식의 몫도 잊지 말아야 한다. 벵자맹 크레미외는 "자기 작품을 다시 읽는 작가는 자신이 썼으리라고는 생각지도 못한 비밀들을 뒤늦게 발견한다. 심지어 때로는 그 비밀이 자기 안에 있다는 것조차 몰랐다가 갑자기 발견하게 되기도 한다. 우리가 우리의 문체로 쓰는 모든 글 속에는 우리 자신의 진짜 실체가 암암리에 새겨져 있다."[85]

아무리 가장하고 감출지라도, 그 온갖 고백과 내밀한 동기들을 어떻게 얼굴 붉히지 않고 대중 앞에 내놓을 수 있을까? 이것이야말로 우리가 문학에 부여하는, 거의 종교적 가치를 지니는 불가사의이다.

소설과 기억

알베르 카뮈는 첫 책《안과 겉》[86]의 영감을 되찾길 갈망하며 이렇게 썼다. "모든 예술가는 (…) 내면 깊이, 평생 동안 자신의 모습과 자신이 하는 말에 양분을 제공할 유일한 샘 하나를 간직

---

85)《근심과 재구성》, R. A. 코레아, 1931년, 90쪽.
86) 1958년판 서문, 갈리마르 플레야드 총서, 2006년, 32쪽.

하고 있다." 글을 쓴다는 것은 한두 가지를 말하려는 것인데, 대개는 이 책이나 저 책에서 언제나 같은 이야기를 한다. 마르셀 프루스트는 이것을 예술작품의 단조로움이라고 불렀다. 대개 우리는 기억에서 이미지들을 길어와 그것들을 예시하고, 옷 입히고, 심지어 가장한다. 이미지들은 아주 먼 과거에서 올 수도 있다. 플래너리 오코너가 말하듯, "어린 시절을 견디고 살아남은 자라면 누구나 남은 삶을 살아갈 수 있을 만큼 삶에 대해 충분한 정보를 갖게 된다."

기억 자체가 이미 소설가이다. 이제 우리는 기억이 저장장치가 아니라 과거를 끊임없이 재구성한다는 사실을 알고 있다. 기억은 재생하기보다는 지어낸다. 기억은 역동적이며, 우리의 상상을, 우리의 개성을, 우리의 열정을, 우리의 상처를 먹고 자란다. 이는 모든 인간에게 해당되며, 작가에게는 더더욱 사실이다. 작가에게는 기억의 창의력이 기억의 충실성보다 훨씬 더 유용하다. 그렇기에 소설 속 인물의 모델은 소설 속 인물과 결코 똑같지 않다. 그들은 그저 작품의 소재가 되었을 뿐이다.

늙어가면서 인간은 일부 기억들을 완결판 이야기로 굳히려는 경향을 보인다. 달달 외워서 한 마디 한 마디 그대로 재생해낼 수 있는 이야기로. 이런 점에서 모든 인간은 어느 정도 소설가이다.

문학 창작이 어떻게 이루어지는지 생각해보면, 과거와 현재의 현실에서 선택을 하는 것이라고 할 수 있겠다. 한 인물 혹은 하나의 이야기 앞에서 우리는 자문한다. 그것이 나를 위한 것인지, 나를 위한 것이 아닌지. 다시 말해 그것이 나의 감수성에, 삶을 이해하는 나의 방식에, 하나의 미학에, 거기서 발산되는 일정한 음악에 부합하는지 말이다. 기억은 명백히 그 선택에 순응한다. 어쩌면 기억 스스로 이미 그 선택을 한 건지도 모른다.

작가는 자신의 기억과 맺는 관계, 그 불가사의한 관계를 매우 조심스럽게 관리한다. 그 샘을 흐려놓을까, 그 샘이 마를까봐 늘 겁을 내기 때문이다. 많은 이들에게 기이한 현상이 일어난다. 그들의 과거 속에는 그들을 사로잡았던 사건들 · 인물들 · 장소들이 있다. 그들은 그것으로 책을 만들어낸다. 그런데 그 순간부터 자신이 상상한 것과 기억해낸 것을 구분하기가 점점 더 힘들어진다. 불가능해지는 것인지도 모른다. 플로베르는 1866년 11월 이폴리트 텐에게 쓴 편지에서 이런 말을 한다. "(…) 시간이 조금만 흘러도 현실이 나에게 제공한 것을 내가 덧입힌 미화나 변형과 구분할 수가 없습니다."[87]

게다가, 일단 책에 쓰이고 나면 그토록 오랫동안 우리를 떠나지 않던 그 과거의 조각은 우리의 기억에서 지워지고 만다. 우리는 더이상 그 생각을 하지 않는다. 그런 것을 가리켜 카타르시스라고 부른다. 정신이 정화된 것이다. 이렇듯, 역설적이게도 소설

---

87) 《서간집》 3권, 갈리마르 플레야드 총서, 1991년, 562쪽.

은 과거의 일부를 살리는 데 쓰이면서 동시에 그것을 파괴하는 데도 기여한다. 소설은 기억을 잡아먹는다. 버지니아 울프는 《등대로》를 쓰면서 처음으로 자신의 아버지와 어머니를 언급한다. 그리고 《일기》에서 이렇게 말한다. "나는 그 책을 무척 빨리 썼다. 다 쓰고 나니 어머니에 대한 강박증이 멈췄다. 이제는 어머니의 목소리가 들리지 않는다. 이제는."

그렇다면 도대체 소설은 무엇인가? 그것은 저자의 가장 내밀한 내적 삶과 외부 세계의 일면을 비추는 일종의 거울이다. 그것은 훨씬 더 진짜 같은 이미지를 제공하기 위해, 현실을 해체해서 다르게 재구성하는 방식이다. 독자에게 세상과 자기 자신에 관해 뭔가를 가르쳐줄 유용한 이미지 말이다. 날것 그대로의 삶은 대개 일관성이 없고 불가사의해서 거기서 가르침을 끌어내기가 어렵다. 해체된 뒤 소설이라는 프리즘을 거쳐 재구성된 삶은 우리를 성찰로 이끈다. 그것은 미학적 차원의 만족과 감동을 안겨줄 뿐 아니라 감정 토로도 허용해준다.

나, 우리, 그

많은 독자들이 소설 속에 '나'가 등장하는 것을 속내 이야기나 고백의 동의어로 본다. 그러나 '나'는 대개 문학적 기법에 불과하다. 그것은 온갖 방식으로 사용될 수 있다. '나'는 때로는 단순한 화자이고, 때로는 증인이고, 때로는 주요인물이 된다.《잃어버린 시간을 찾아서》에서 화자의 이름은 마르셀이다. 그러나 그 마르셀은 소설 속에 딱 세 번밖에 쓰이지 않으며, 편의상 저자에게서 차용한 이름으로 추정되지만 마르셀 프루스트는 아니다. 그는 하나의 인물이다. 물론 두 마르셀은 닮았다. 문학을 직업으로 삼고 있다는 공통점도 있다. 사실 이 '나'는 소설의 주춧돌이다. 그것은 소설의 전망을 가능하게 해준다. 화자의 존재는 가능한 한 방대한 연출을 아우르면서 내면 분석을 실시할 가능성을 제공해준다. 우리가 프루스트를 찾는다면, 스완이라는 인물에게서도 마르셀이라는 인물에게서만큼, 혹은 그 이상으로 발견할 수 있다.

《이방인》에서 우리는 세상에 부재한 인물 뫼르소의 이야기가 3인칭으로 이야기되리라 예상한다. 그러나 카뮈는 뫼르소로 하여금 '나'라고 말하게 해 우리를 그 인물의 사막 같은 내면으로 끌어들인다.

헨리 제임스의 《나사못 회전》에서처럼 여러 화자가 중첩되는 경우도 있다. 조지프 콘래드는 그런 방식을 즐겨 쓴다.《행운》에서는 현기증이 날 정도로 도무지 갈피를 잡을 수가 없다. 포크너의 몇몇 소설, 이를테면 스놉스 3부작에서는 세심히 주의를 기울이지 않으면 누가 말을 하는지 파악하기가 어렵다. 언제나 허구를 사실처럼 보이게 하는 것이 주요 임무인 화자를 둘러싸고 소설가들이 상상해낸 변주들을 모두 나열하자면 끝이 없을 것이다.

1인칭 단수로 혹은 복수로 말하는 누군가의 개입은 때로 훨씬 더 교묘하게 이루어진다. 《보바리 부인》 같은 대단히 객관적인 작품에서 사용된 첫 번째 단어는 '우리'이다. 가련한 샤를 보바리가 학교에 오던 순간을 떠올리는 자는 누구인가? "우리가 한창 공부하고 있을 때 교장 선생님이 들어왔고, 전학생 한 명이 따라 들어왔다…."

그러나 공부가 끝나자마자 소설은 3인칭으로 바뀌어 끝까지 평범한 흐름을 따른다.

마찬가지로, 대체로 3인칭으로 전개되는 소설 《악령》의 도입부에 한 화자가 모습을 드러낸다(이 화자는 나중에 가서야 짧은 몇몇 순간 다시 발언한다). "지금까지 눈에 띌 만한 일은 한 번도 일어난 적이 없는 우리 마을에서 최근에 일어난 기이한 사건들을 묘사한 뒤…."

이 '우리'는 독자를 환경에 적응시키고, 이야기가 전개될 도시의 시민으로 만든다.

이렇듯, 때로는 비개인적인 소설 속에서 한 인물이 느닷없이 발언하기도 한다. 달리 어쩔 도리가 없는 것처럼. 그리고 이것은 필요한 사실감을 더해준다.

회상록과 고백록

셀린이나 헨리 밀러의 작품처럼 자서전에 가깝다고 주장되는 소설들 속에도 대개 많은 부분 창작이 들어 있다. 이를테면 블레즈 상드라르가 센 강에서 잠수부의 딸과 나눈 사랑에 대해 이야기할 때 우리는 잘 믿지 못한다. 마르그리트 뒤라스는 독자들을 사로잡기 위해 소설《연인》이 자신의 이야기라고 주장했다. 그러나 소설 속에 사실에 바탕을 둔 내용은 거의 아무것도 없었다.

이런 거짓 자전自傳이 있는가 하면, 위대하고 독창적인 문학작품이 될 수 있는 진짜 자전들도 있다. 미셸 레리스를 인용하기만 해도 확인할 수 있다.

회상록 또는 고백록이라는 이름 아래 우리에게 남은 문학의 기념비들은 단순히 한 사람의 인생을 이야기하는 것과는 거리가 먼 목적을 갖고 있다. 그 기념비들이 우리에게 감동을 주는 것은 대개 저자가 의도치 않고 엉겁결에 말한 내용 때문이다. 성 아우구스티누스의 계획은 교화하려는 것이었다. 레츠 추기경[88]과 생시몽[89]의 계획은 정쟁政爭을 연장하는 것이었다. 루소는 자기 자

---

88) 장 프랑수아 폴 드 공디, 1614~17679, 프롱드의 난 때 파리 부주교로서 중요한 역할을 했으며, 이후 추기경으로 임명되고 파리 대주교를 맡았다. 사후에 출간된 《회고록》이 유명하다―옮긴이.
89) 1675~1755, 프랑스 사회주의의 선구자 격 사상가로, 루이 14세의 만년 궁정 생활을 그린 《회상록》을 저술했다―옮긴이.

신의 이미지를 제공함으로써 인류에 대한 독자들의 보편적 지식을 넓혀준다고 믿었다. 그의 《고백록》이 금세 그의 적들에 맞서는 궁극적 논쟁의 양상을 띠기는 했지만. 마찬가지로, 레티프 드라 브르통은 《니콜라 씨》에서 학술적인 작품을 써서 인간의 마음을 밝히겠다고 주장한다. 그러나 그의 광적인 상상은 그를 반대로 이끈다…. 이 저자들의 사생활은 텍스트 속만이 아니라, 교수들이 사소한 주장들, 보잘것없는 인물의 정체성, 그들 애인의 나이 등을 일일이 확인하고 작성한 학술서의 주해 속에도 자리한다. 그런 식으로 우리는 샤토브리앙이 카사노바보다 이야기를 더 잘 꾸며낸다는 사실을 발견한다.

실재 모델들

작가가 원하는 모든 것을 자신에게 자유로이 털어놓는다 치자. 그렇다면 다른 사람들은? 다른 사람들의 삶을 좌지우지할 권리가 그에게 있을까? 우리는 관례적인 문구를 알고 있다. "인물들과의 모든 유사성은…." 이 표현은 아무것도 입증하지 못하며, 법적 가치조차 없다. 플로베르는 "이 책에 나오는 모든 인물들은 전적으로 상상의 산물이며, 용빌 수도원도 존재하지 않는 곳이다"라고 얼굴도 붉히지 않고 거짓말을 했다.[90] 그러나 오늘날 리Ry 마을에서는 반경 수 킬로미터 위치에 '보바리 부인의 고장'

이라는 푯말을 세워 관광객들의 방문을 부추기고 있다. 리에서는 교회 주변의 묘지를 없애고 무덤 둘만 남겨두었다. 작은 피라미드 형태인 델핀 들라마르의 무덤과 그녀의 남편인 의사 외젠의 무덤이다. 내가 들른 날엔 청소년 서너 명이 외젠의 무덤 위에 앉아 있었다. 그들은 묘비에 새겨진 글을 내가 읽지 못하도록 막기라도 하려는 듯 일어서며 투덜거렸다. "조용히 담배도 못 피우겠네…."

델핀 들라마르 · 루이즈 프라디에 · 그리고 그 밖의 인물 등 《보바리 부인》의 실재 모델들을 알고 있어도 소설을 이해하는 데 도움이 되지는 않는다. 모델에 매달리는 것은 소설 창작의 본질을 곡해하는 행위이다. 소설가는 화가처럼 어떤 인물의 정확한 초상화를 만드는 것을 목표로 삼지 않는다. 소설가가 겨냥하는 것은 훨씬 더 보편적인 주제, 바로 삶이다. 물론 소설가는 눈에 띄는 곳에서 쓸 만한 재료를 취한다. 이 사람 저 사람에게서 차용한 오만 가지 자잘한 세부사실들을 이용한다. 말하자면 쪽매붙임하듯 작업한다. 그런데 사람들은 돋보기를 들고 《잃어버린 시간을 찾아서》와 다른 많은 걸작들을 세세히 살펴 저자가 마주쳤을 법한 사람들과의 사소한 닮은 점이라도 찾는 일을 결코 포기하지 않았다. 이것은 작가의 재능과는 아무 상관 없는 일이

---

90) 《에밀 칼리토에게 보낸 편지》, 《서간집》 2권, 갈리마르 플레야드 총서, 1984년, 728쪽.

다. 마르셀 프루스트는 《되찾은 시간》에서 이것을 매우 잘 설명한다. "문인은 화가를 부러워해서 크로키를 그리고 색조를 갖고싶어하는데, 그렇게 했다가는 망한다. 그러나 문인이 글을 쓸 때인물들의 몸짓 하나, 나쁜 버릇 하나, 어조 하나도 그의 기억에서영감을 얻지 않은 것이 없다. 그가 만들어낸 등장인물 한 명마다그가 만난 사람들의 이름을 예순 개쯤 연결할 수 있다. 어떤 사람은 찌푸린 인상의 모델, 어떤 사람은 외알박이 안경의 모델, 또어떤 사람은 화내는 모습의 모델, 또 다른 어떤 사람은 눈에 띄는 팔 동작의 모델이 된다."[91]

알베르틴의 모델이었느냐는 질문을 받은 한 신사는 겸손하게이렇게 대답했다. "모델은 여럿이었습니다."

사실 소설가는 이 모든 세부사실 가운데 "일반적인 것만 기억한다"고 프루스트는 단언한다. 이를테면 소설가는 심리적 사실하나를 보여주기 위해, 한 인물의 어깨 위에 다른 사람의 습관적인 목 동작을 얹는다. 이렇듯 사생활 침해는 짓궂은 장난이나 악의적 의도로 범해지는 것이 아니라, 개별적인 것 아래에서 삶의보편적 진리를 찾으려고 시도하는 가운데 범해진다.

프루스트 이전에 조르주 상드는 이렇게 말했다. "한 사람을 그리려면 천 명은 알고 있어야 한다."[92]

---

91) 《잃어버린 시간을 찾아서, 되찾은 시간》 4권, 갈리마르 플레야드 총서, 1989년, 478쪽.

그녀가 보기에 "현실 속 인간은 그다지 논리적이지 않고 모순과 부조화를 잔뜩 지닌 존재여서, 실재하는 한 인간을 그린다는 것은 불가능하며, 결코 예술작품 속에 담을 수가 없다…. 따라서 작가가 천성과 관련해 포착한 몇몇 특징을 자신의 인물들에게 부여함으로써 어떤 사람을 좋아하게 만들거나 미워하게 만들고 싶어 했으리라 생각하는 것은 어리석다. 조그만 차이로 상투적인 존재가 되므로, 나는 문학에서는 커다란 차이점들에 뛰어들지 않고는, 선에서건 악에서건 상상력에 첫 유형으로 쓰일 수 있는 인간의 결점과 장점들을 극단적으로 뛰어넘지 않고는 실재의 얼굴로 사실적인 그림을 그릴 수 없다는 생각을 지지한다."

어쨌든 프로이트의 말처럼 "조금이라도 범죄자가 되지 않고는 진짜를 결코 만들어내지 못한다." 작가는 관례와 조심성, 사소한 세부일지라도 자신이 모델로 삼은 것들을 다루는 방법에 대한 걱정, 소설이 이러해야 하며 저러해서는 안 된다고 말하는 미학적 요구 사이에서 번민한다.

그러나 작가가 자신의 삶과 다른 사람들의 삶에서 소재를 퍼올 권리를 스스로 허용하지 않는다면 대부분의 문학은 존재하지 못할 것이다. 루소도 · 스탕달도 · 플로베르도 · 도스토옙스키도 · 프루스트도 · 포크너도 · 카프카도….

---

92) 《나의 인생 이야기》, 카르토, 갈리마르, 646~647쪽.

문제는 모델들이 어떻게 반응할지 결코 알지 못한다는 데 있다. 대개는 나쁜 반응을 보인다.

발자크는 이렇게 썼다. "나는 주변 사람들로부터 다섯 건의 정식 고소를 당했다. 그들은 내가 그들의 사생활을 폭로했다고 말한다. 이 문제와 관련해 참으로 희한한 편지들을 받았다. 세상에는 모르소프 씨도 참 많고, 클로슈구르드의 천사도 많은 모양이다. 그래서 천사들이 비 오듯 나에게 쏟아진다. 그런데 그 천사들은 희지[93] 않다."[94]

이따금은 최악을 예상하는데 모델들은 흡족해한다. 아니면 자신을 알아보지 못하고 다른 사람을 희화했다고 생각하기도 한다. 혹은 우리가 걱정한 일이 아니라 사소한 일 때문에 화를 낸다. 때때로 독서는 비극으로 변한다. 로베르 드 몽테스키우가 소설 속 등장인물 샤를뤼스에게서 자신을 알아보았을 때 느낀 고통이 바로 그렇다.[95] 몽테스키우는 외관상으로 프루스트의 샤를뤼스 남작과 매우 달랐다. 그러나 그는 프루스트가 그의 비밀을 간파했다는 걸 가장 먼저 알아차렸다. 몽테스키우는 매번 추문과 명예실추를 모면했지만, 프루스트가 샤를뤼스라는 인물을 비

---

93) 발자크의 소설 《골짜기의 백합》의 여주인공 블랑슈 드 모르소프는 클로슈구르드 성城에 산다. '블랑슈'는 '희다'는 뜻이다—옮긴이.
94) 《앙스카 부인에게 보낸 편지》 1권, 에디시옹 뒤 델타, 1967년, 447쪽.
95) 동성애자였던 로베르 드 몽테스키우는 프루스트가 자신을 《잃어버린 시간을 찾아서》의 등장인물 샤를뤼스 남작의 모델로 삼았다고 격분했다—옮긴이.

열과 비굴, 노망의 밑바닥까지 떨어뜨린 데서 사실보다 더 사실 같은 진실을 파악했다는 것을 깨달았다. 그는 자신이 앞으로 영원히 샤를뤼스로 남게 되리라는 걸 깨달았고, 머지 않아 그 일로 죽었다고도 말할 수 있다. 그는 한 친구에게 이렇게 털어놓았다. "나는 책 세 권의 출간 때문에 충격받고 몸져누웠네."[96)

사람들이 《잃어버린 시간을 찾아서》에 대해 말할수록 그는 더욱 괴로워했다. 그는 클레르몽 토네르 부인에게 이렇게 물었다.[97) "내 이름이 몽테스프루스트가 되어버리는 건 아닐까요?"

게레라는 도시는 샤미나두르가 자신을 모델로 한 도시임을 알아보았고, 그래서 온 도시 사람들이 마르셀 주앙도에게 격분했다.[98)

프루스트는 가스통 갈리마르에게 이렇게 썼다. "삼 년 전 내가 사랑했던 한 여자가 나에게 노기등등한 편지를 보내왔네. 오데트가 바로 자신이라며 나더러 괴물이라더군. 그런 편지들(그리고 답장들!) 때문에 도무지 일을 할 수가 없네. 기뻐서 그렇다는 게 아니야. 기쁨은 이미 오래 전에 포기했네."[99)

---

96) 필리프 쥘리앙, 《로베르 드 몽테스키우, 1900년의 왕자》, 리브레리 아카데미크 페랭, 1965년, 364쪽.
97) 같은 책, 368쪽.
98) 마르셀 주앙도는 샤미나두르와 그곳의 주민들을 다룬 《샤미나두르》라는 소설을 썼다─옮긴이.
99) 《마르셀 프루스트-가스통 갈리마르 서간집》, 갈리마르, 1989년, 526쪽.

더구나, 짐작하겠지만 대부분의 비극은 여성 인물들이 초래한다. 그 인물들의 모델이 열정과 사랑의 불행으로 일그러진 거울 속에서 자신의 이미지를 알아보고 어떻게 행복해할 수 있겠는가?

실재 모델을 찾는 이 저속한 스포츠는 많은 오해를 야기한다. 심지어 소설이 삶을 베끼는 것이 아니라 그 반대의 일이 일어나기도 한다. 당연히 누구도 그걸 믿지 않는다. 그리고 베꼈다고 비난받는 건 소설가이지 삶이 아니다. 개인적인 예 두 가지를 인용하는 걸 용서하시기 바란다.

나는 첫 소설《괴물》에서 고양잇과 동물의 자살 유행병에 관한 조사를 맡은 한 리포터가 고양이 한 마리를 창문 밖으로 던질 수밖에 없는 처지에 놓이는 상황을 상상했다. 소설이 출간되고 한참 후에 유명한 주간지 사진작가들이 실제로 그런 행동을 했다.

나의 또 다른 소설《겨울 궁전》의 여주인공은 이름이 리디아이고, 포Pau에서 과자점을 운영하고 있다. 그런데 전쟁 동안 그 도시의 루아얄 광장에 같은 이름을 가진 찻집인지 제과점이 있었던 모양이다. 모두가 그 제과점 여주인이 내 여주인공의 모델이라고 믿었다. 그 여자가 가게를 열었을 때 나는 더이상 포에 살지 않았고, 그녀의 존재조차 알지 못했는데 말이다. 나에게는 진짜 모델이 따로 있었고, 그 모델은 루아얄 광장의 리디아가 전혀 아니었다는 것을 굳이 말할 필요는 없겠다. 이런 것을 가짜 모델이라고 부를 수 있을 것이다. 진짜 모델이 자신의 모습을 완벽하게 알아보고 격분했다는 사실을 덧붙이겠다.

자신의 모습을 알아보고 화내는 사람들이 있는가 하면, 좋아하는 사람은 드물다. 자신의 삶과 인격이 소설에 영감을 줄 만하다고 생각하는 사람들도 있다. 그러나 아무도 그런 꿈을 꾸지는 않는다.

읽기

읽기는 더도 말고 적어도 글 쓰는 일만큼이나 사생활에 속하는 행위이다. 책 한 권 들고 혼자가 되는 시간. 어쩌면 우리는 다른 사람이 쓴 페이지 속에서 자신을 발견하게 될지도 모른다. 우리가 참으로 잘 알지 못하는 우리 자신의 혼란스러운 삶을 문득 이해할 것만 같다. 한 편의 허구가 우리 자신에 대해 현실보다 더 많은 것을 가르쳐준다.

우리는 우리가 사랑하는 과거의 작가들과 전적으로 사적인 관계를 창출한다. 그들을 결코 보지는 못하지만 소중히 여긴다. 수년, 수 세기의 세월이 그들과 우리를 갈라놓고 있을지라도. 그들은 우리의 가족보다, 혹은 우리가 사랑한다고 생각하는 사람들보다 우리와 더 가깝다. 그들은 우리의 유일한 위안이 될 수 있다. 엘리오 비토리니는 이렇게 말한다. "문학의 위대한 순간들에는 언제나 체호프 같은 인물이 있었다. 혼란과 폭풍으로 고립된 그 시대 패자들의 고립된 영혼을 마음 깊이 감동시키기 위해, 소설 및 모든 형태의 자기 시대의 재현이나 (명료한) 해석을 거부하는 사람 말이다."[100]

진짜 사생활

자기 사생활에 관해 털어놓는 이들은 자신이 쓰는 글에 대해서는 결코 이야기하지 않는다. 마치 글이 사생활보다 훨씬 더 사적인 것인 듯하다. 자신과의 문제를 종이 위에 털어놓는 것이야말로 무엇보다 사적인 일이다. 진짜 사생활은 글쓰기이다.

버지니아 울프는 유명한 책에서 작가가 되고 싶어하는 여자에게는 '자기만의 방'이 있어야 한다고 주장한다. 남자들도 마찬가지다. 글을 쓰는 사람에겐 자기만의 방이 필요하다. 다시 말해 자기 글과 홀로 대면하는 장소가 필요하다. 그곳은 자신의 사생활에서 가장 사적인 장소가 될 것이다.

나는 작가가 자신이 쓰고 있는 글을 보여주도록 부추기는 움직임과 맹렬히 홀로 간직하도록 부추기는 정반대의 움직임을 종종 목도했다. 이는 작가의 사생활에서 가장 사적인 것은 작가가

---

100) 《공개 일기》, 갈리마르, 1961년.

글과 맺는 관계임을 보여주는 새로운 증거다. '소통을' 위해 글을 쓰는 작가라 할지라도 자신의 지인이나 친구들과 그 관계를 완전히 공유하지는 않으며, 독자들과도 공유하지 않을 것이다.

사랑에 대해 쓴다, 여전히 …

사생활이라는 주제와 관련해 사랑에 대한 중대한 역설을 덧붙여야겠다. 사랑하는 것은 내밀한 영역에 속하는 일이지만, 그래도 사랑은 문학적 영감의 영원한 주제가 되고 있다.

예전에 나와 함께 일한 적이 있는 언론사 대표 피에르 라자레프는 대중의 흥미를 끄는 것은 두 가지뿐이라고 말했다. 동물 그리고 사랑. 엇갈린 사랑이면 더 좋다. 그의 말이 옳았던 것 같다. 사랑이 서양의, 음유시인들의 발명품이라고 한 드니 드 루즈몽의 주장은 더이상 지지할 수 없더라도, 사랑은 여전히 우리 문학의 양식糧食으로 남아 있다. 사랑이 없으면 우리의 작품들은 금세 활기를 잃고 만다. 호메로스 이후로, 트로이 전쟁을 야기한 헬레네 이후로, 페넬로페가 기다리는 동안 칼립소에서 나우시카로

이동한 오디세우스의 항해 이후로 그것은 사실이다.

체호프는 《대초원》을 쓸 때 이런 걱정을 했다. "여자가 나오지 않는 단편소설은 증기 빠진 기관차나 마찬가지다. 사실을 말하자면, 나에게는 여자가 많지만 그녀들은 결혼한 여자도 사랑에 빠진 여자도 아니다. 난 여자 없이는…." [101]

《이십 년 후》의 40장에 이르러 알렉상드르 뒤마와 그의 공동 저자 마케는 자신들이 사랑 이야기를 구상하지 않았다는 사실을 깨닫고 질겁한다. 《삼총사》의 성공이 버킹엄 공작과 안 왕비의 사랑에 크게 기인한 것이었으니 말이다.

나는 여자가 등장하지 않는 현대소설을 단 한 편밖에 알지 못한다. 카뮈의 《페스트》이다. 그러나 그건 《페스트》가 이별의 소설이기 때문이다. 카뮈는 심지어 이별이 주테마가 되길 바랐다. 왜냐하면 그는 이별을 그가 우의적인 방식으로 그리고 있는 그 전쟁의 특징 가운데 하나로 보았기 때문이다. 카뮈는 《작가수첩》에 1940년대 문학이 에우리디케 신화를 활용하고 남용하고 있다고 기록한다. 그리고 그 설명을 찾아낸다. "숱하게 많은 연인들이 이별했기 때문이다." [102]

소설 속에는 아내가 먼 곳에서 죽어가는 의사 리외, 사랑하는

---

101) 이반 레온티에프 츠체글로브에게 보낸 편지, 《서간집》 1권, 플롱, 1934년, 214쪽.
102) 《카뮈 전집》 2권, 갈리마르 플레야드 총서, 2006년, 968쪽.

여인과 멀리 떨어진 채 도시에서 옴짝달싹 못하게 된 기자 랑베르, 오래 전에 아내에게 버림받은 가련한 그랑 등 사랑의 유령만 동반한 채 혼자가 된 남자들이 있다. 그러나 이별에 대해 말하는 것은 사랑에 대해 이야기하는 또 하나의 방식일 뿐이다.

그러니 몇몇 예외만 빼고, 소설의 큰 관심사는 사랑이다. 나는 중세까지, 메로빙거 왕조 시절 베난시오 포르투나토와 더불어 시초를 찾아볼 수 있는 궁정풍 장르까지 거슬러 올라갈 생각은 없다. 17세기로 건너뛰겠다. 그즈음 사랑은 문학 속에 단단히 자리를 잡았다. 그 시절의 철학자 위에는 소설에 대해 이렇게 정의를 내렸다. "우리가 소설이라고 부르는 것은 독자의 즐거움을 위해 기교를 발휘해 산문으로 써서 연애담으로 가장한 이야기이다."

스탕달에게도, 플로베르에게도, 도스토옙스키에게도, 프루스트에게도, 조이스에게도, 카프카나 포크너에게도 들어맞지 않을 정의이다. 심지어 라파예트 부인에게도.

라파예트 부인은 사랑을 경계한다. 《클레브 공작부인》(1678)의 저자에게 사랑은 존재를 파멸로 몰아가기에 조심해야 할 위험한 어떤 것이다. 그녀는 그 이상은 말하지 않는다.

18세기가 되면 작가들은 갑자기 사랑을 거들떠보지도 않는 것처럼 보인다. 그들은 오로지 한 가지만 쓴다. 쾌락. 소설은 그렇게 그 시대의 철학에 순응한다. 로크의 경험주의를 보완하는 프랑스 유물론 철학자들의 철학. 이를테면 콩디약은 인간의 삶에 '불만족을 피하고 쾌락을 좇는 것' 이외의 다른 목표를 부여하지 않는다. 백과전서파에 따르면 이 쾌락은 "적어도 우리가 그것을 맛보는 동안에는 우리를 행복하게 해준다." 대개 짧고 발랄한 이 소설들의 전형이 바로 《기사 데 그리외와 마농 레스코의 이야기》이다. 마농은 어떤 경우에도 사랑과 안전을 버리고 쾌락의 순간을 택한다. 그녀가 무대에 들어설 때마다 떠오르는 말이 바로 쾌락이다. 사랑과 덕성에 관한 논쟁에서 데 그리외는 이렇게 결론짓는다. "우리의 지복은 우리가 만들어진 방식대로 쾌락 속에 있다. 다른 생각을 하려면 해보시라."[103]

그는 가장 달콤한 쾌락이 사랑의 쾌락이라고 명확히 말한다.

하지만 중요한 예외를 짚고 넘어가야 한다. 한 세기 후 소설의 모습을 예견하는 예외가 등장하기 때문이다. 바로 《신新 엘로이즈》이다. 사랑 이야기는 갑자기 결핍과 고통의 기호 아래 놓이게 된다. 살면서 큰 고초를 겪은 장 자크 루소는 죄지은 사랑을 승화시킨다. 그것을 그의 소설의 다른 측면, 교육적이고 도덕적인 측면과 조화시키려고 애쓴다.

쾌락에 바쳐진 18세기의 막간이 지나면 사랑은 힘을 되찾고 문학 속으로 다시 돌아온다. 소설의 진화와 변화가 거기에 동반

---

103) 폴리오 클래식 3514번, 갈리마르, 122쪽.

된다. 소설이 정의와 목표를 바꿀 때조차도. 발자크에서 플로베르로, 또는 자연주의자들에서 프루스트로 넘어갈 때도. 소설이 순진무구함을 잃고 소설의 본질과 기교에 관한 성찰을 촉구하고, 새로운 게임의 법칙을 채택할 때도. 이런 변화를 거치고도 소설의 근본적인 역설은 그대로 남는다. 소설은 인간과 세상의 진리를 찾고 발견하게 해주는 한 편의 거짓 이야기, 허구다. 그리고 사랑은 그 진리의 중요한 요소 가운데 하나다.

물론 때로는 사랑이 엑스트라 역할로 축소된다는 것을 인정한다. 앙드레 말로는 《카라마조프 가家의 형제들》은 그 중심에 살인과 사랑이 자리하고 있지만 추리소설도 연애소설도 아니라고 지적했다. 도스토옙스키의 관심을 끄는 것, 그의 진짜 주제는 악이다. 마찬가지로 프루스트는 오데트를 향한 스완의 사랑에 대해, 알베르틴을 향한 마르셀의 사랑에 대해 말하지만 《잃어버린 시간을 찾아서》의 진짜 주제는 세상에 대한 철학적 비전을, 감정적 시간의 경험을, 그리고 자신의 천직을 찾는 인간의 모험을 표현하는 것이다.

사랑의 절대적 패권을 주장하는 말을 들으려면 초현실주의자들에까지 이르러야 한다. 앙드레 브르통은 특유의 단호한 어조로 말한다. "앞으로도 사랑은 있을 것이다. 우리는 예술을 사랑의 가장 단순한 표현, 즉 사랑에 한정할 것이다."

소설의 진화에도 불구하고, 나는 사랑에 관한 피에르 라자레프의 재담(어긋난 사랑이면 더 좋다)이 영원한 진리까지는 아니더라도 여전히 유효하지 않나 싶다. 어긋난 사랑이 아니라면, 사랑에 관해 무슨 할 이야기가 있겠는가?

그러나 사랑이 어긋나건 이루어지건, 참신함은 사랑을 묘사하는 방식에서 온다.

앙드레 말로(또 말로다)는 스탕달이 쥘리앙 소렐과 레날 부인의 정사 장면을 독자에게 보여주지 않는 속임수를 썼다고 말했다. 스탕달은 서간집이나 《일기》에서는 어떤 상황이나 말도 겁내지 않았지만, 사법기관의 준엄한 잣대와 시대의 관례를 염려해 쥘리앙 소렐이 어떻게 처신했으며 레날 부인의 성적 기제가 어떻게 작동했는지는 독자가 상상하도록 남겨두는 편을 택했다. 마찬가지로 플로베르도 그가 시나리오라고 부르는 《보바리 부인》의 초고에서 그가 아주 단순하게 '엉덩이의 삶'이라고 부르는 것을 묘사하길 포기하지 않는다. 소설에는 그것이 삭제되었지만 우리가 잘 아는 소송을 막지는 못했다.

오늘날에는 많은 소설들이 사랑에 대해 쓰지 않는다. 그보다는 어떻게 정사를 나누는지를 쓴다. 그런 묘사에서 여자들은 남자들보다 훨씬 멀리까지 나아가는 것처럼 보인다. 아니 에르노의 《단순한 열정》, 알리나 레이의 《푸주한》, 카트린 퀴세의 《당신에게》, 지슬렌 뒤낭의 《외설》을 읽어보시라. 넘어가자.

사랑의 글쓰기를 고려하는 또 다른 방식이 있다.

글쓰기는 정도의 차이는 있어도 모두 유혹의 시도다. 물론 독자를 유혹하려는 것이다. 또한 은밀하게는, 모든 것을 시작해볼 수 있는 상대, 온갖 방법을 시도했지만 실패한 상대, 모든 것이 끝난 상대, 한 마디로 말해 해결할 사랑의 결산이 남아 있는 남자 혹은 여자를 유혹하려는 것이기도 하다.

가깝건 멀건 어떤 사람에게서 영감을 얻어 글을 쓰는 특별한 경우에는 골치 아픈 일이 존재한다. 그 사람이 어떻게 반응할지 알 수 없다는 점이다. 앞에서 이미 말했듯이, 이런 일은 종종 비극을 몰고 온다. 소설 속 여성 인물에 영감을 준 여자들이 열정과 사랑의 불행으로 일그러진 거울과도 같은 소설이 제공하는 이미지를 어떻게 좋아하겠는가? 어쩌면 그 여자들은 작가가 적어도 한때는 그의 삶을 지배했던 사랑에 대해 글을 쓰는 순간에 작가의 진짜 연인은 그가 이야기하는 여자가 아니라 문학이라는 사실을 알아차릴지도 모른다.

카프카에게는 사랑 혹은 비非사랑의 전언들을 제시하는 그만의 방식이 있다. 이를테면 《중년의 독신자》[104]라는 제목이 붙은 미완성작이 있다. 작품 속 독신자는 개를 한 마리 갖고 싶어한다. 그러나 수많은 반론이 그의 머릿속에 떠오른다. 아마도 개는 더러울 텐데, 독신자는 결벽증이 있다. 개는 벼룩을 옮긴다. 개는

---

104) 《카프카 전집》 2권, 갈리마르 플레야드 총서, 1980년, 355쪽.

병에 걸리기도 하고 전염병일지도 모른다. 어쨌든 병은 혐오스럽다. 게다가 늙는 날이 올 것이다. 그런데 제때 개를 없앨 용기를 내지 못한다. "눈물 맺힌 개의 눈에서 우리는 우리 자신의 노화를 본다. 반쯤 눈멀고, 폐병에 걸리고, 잔뜩 살이 쪄서 거의 불구가 된 그 짐승의 고통을 느낀다. 예전에 개가 준 기쁨의 대가를 비싸게 치르게 된다." 따라서 개는 안 된다. 이기적인 독신자는 아쉬워한다. 이상적인 동물은 별로 신경 쓸 일이 없고, 이따금 발길질도 할 수 있고, 길에서 자도록 내보낼 수도 있고, 필요할 때 부르면 언제든 와서 그의 손을 핥고 반겨줄 동물일 것이다.

카프카가 약혼녀 펠리체 바우어에게 자신이 결혼에 적합한 인물이 아니라는 걸 보여줄 목적으로 이 끔찍한 이야기를 썼다는 것은 매우 신빙성 있는 이야기이다.

상상력이 풍부한 오디베르티는 저자의 비밀스러운 의도를 보여주고, 책을 사랑의 비밀 메시지로 바꿔놓을 수 있는 방법을 보여주는, 대단히 섬세하다 못해 비틀렸다고 할 만한 예를 제공했다. 그의 소설 《밀라노의 명인》[105] 이야기이다. 한 남자가 얼마 전 젊은 여자와 겪은 이야기를 쓴다. 여자의 고모가 그 이야기를 읽고 자기 조카 이야기인 것을 알아볼 수 있도록. 그러나 그것이 전부는 아니다. 오디베르티는 어떤 사람에게 읽힐 메시지로 그

---

105) 갈리마르, 1950년.

소설을 썼다고 스스로 암시했다. "따라서 2차적 차원에서 보면 내가 밀라노의 명인처럼 이 소설을 누군가를 위해 썼다고 말할 수도 있을 것이다. 단도직입적으로 생생하게 이야기하기 힘든 이야기를 책을 통해 크게 우회해 누군가에게 이야기하려고 시도했는지도 모른다."

게다가 오디베르티는 이 소설이 하나의 메시지라는 것을 그 상대가 깨닫는다면 책을 읽지 않으리라고 생각한다. "메시지의 내용이 메시지라는 존재 속에 고스란히 담겨 있기"[106] 때문에 그녀는 알 필요가 없는 것이다.

어쩌면 사실이기에는 너무 근사한 이야기인지도 모른다. 오디베르티가 얼마나 상상력이 풍부한지 우리는 알고 있다.

이 이야기는 연애소설의 오래된, 그러나 여전히 작동하고 있는 기능을 떠올리게 한다. 나는 그런 소설을 암호소설이라 부르고 싶다. 두 연인의 감정을 상징하는 소설, 페티시처럼 그 감정의 물질적 증거가 되는 소설 말이다. 1900년대에는 한 남자가 한 숙녀에게 그녀를 향한 자신의 감정을 전하고 싶을 때 《사랑의 우정》[107]이라는 천진한 제목을 단 책을 선물했다. 기이하게도 그 책의 표지에는 저자의 이름은 없고 별이 세 개 그려져 있었다.

---

106) 《조르주 샤르보니에와의 대담》, 갈리마르, 1965년.
107) 칼망레비, 1896년.

(익명의 저자는 모파상과 친구 사이를 살짝 넘어선 사이였던 에르민 르콩트 뒤 누이였다.) 숙녀가 《사랑의 우정》이라는 미끼를 물면 그 소설은 둘 사이에 영원히 일종의 담보로, 비밀 부적으로 남을 것이다. 《몬느 대장》 역시 그런 역할을 했다. 프랑수아 미테랑 대통령도 한 숙녀에게 관심을 가졌을 때 먼저 알베르 코엔의 《영주의 여자》를 선물했다. 그가 어느 책방에서 그걸 구했는지 모르겠다.

불멸을 약속받지 못할 바에야, 우리의 책들이 이렇게 암호가 되어 연인들의 기억 속에 소중한 성물처럼 남는 것, 어쩌면 이것이야말로 우리가 그 책들에서 최선으로 바랄 수 있는 것인지도 모른다.

치과에서 보낸 반시간

나는 저명한 사회학자 조르주 프리드만에게 우정과 존경심을 느껴왔다. 그러나 우리가 함께 거리나 버스 안이나 식당에 있을 때 사소한 사건이 일어나거나, 무례한 사람이 보이기라도 하면, 그는 이렇게 말하곤 했다. "자네에겐 단편소설 한 편감이겠어!" 그 말은 단편작가라는 딱지가 붙은 가련한 인간을 향한 저주 같았다. 나는 속으로 다짐했다. "저 말을 한 번만 더 하면 앞으로 단편소설은 절대 쓰지 말아야지." 그런데 나는 결국 조르주 프리드만의 죄 없는 편집증에 관한 단편소설을 쓰게 되었다.

　젊은 시절 내 눈을 사로잡은 책이 한 권 있었다. 헤밍웨이의 단편소설 49편을 모은 《49편의 이야기》[108]이다. 단편소설을 49편이나 썼다니! 나는 결코 그러지 못하리라 생각했다. 그런데 오늘날까지 나는 단편을 100편 넘게 썼다. 물론 237편을 쓴 피란델로에 비하면 아무것도 아니다. 649편을 쓴 체호프는 말할 것도 없다! 그런데도 체호프와 피란델로는 단편소설보다는 극작품으로 더 많이 알려졌다. 이런 부당한 일은 분석해볼 필요가 있다.

스탕달은 왜 이렇게 말했을까? "열두 편을 쓰고 나니 저장고가 비었다. 계속할 방법이 없을까?"

플래너리 오코너는 미시간 주 랜싱에서 개최되는 예술가 모임에서 단편소설의 의미를 주제로 강연을 해달라는 초청을 받고 이렇게 말했다. "나는 이 주제에 관해 아무 생각이 없으면서도 기회를 붙잡았습니다. 비행기 여행을 좋아하기 때문입니다. 그리고 열 달의 시간이 있으니 그 의미를 알아낼 수 있으리라 생각했습니다. 몇 마디 엄숙한 말을, 이를테면 단편소설이 관조하는 정신을 되살린다는 주장을 할 생각입니다만, 어떻게 해낼지는 모르겠습니다."(1955년 9월 11일, 로비 매컬리에게 보낸 편지.[109])

그녀는 아마도 자신이 느끼는 것을 가상의 친구에게 전가하면서 이렇게 말하기도 했다. "두 장르를 모두 쓰는 어떤 친구는 장편을 버리고 단편을 쓰려고 할 때마다 늑대 떼에 공격당하면서 어두운 숲에서 빠져나오는 느낌을 늘 받는다고 말한다."[110]

---

108) 스크라이브너스 선스, 1938년.
109) 《존재의 습관》, 갈리마르, 1984년, 93쪽.
110) 《신비와 풍속》, 갈리마르, 1975년, 84쪽.

엄격한 가톨릭 신자인 그녀는 놀라서 이렇게 말했다. "나는 은총도 악마도 개의치 않는 사람들이 내 작품들을 읽는다는 사실을 알게 되었다."

나는 다른 의미로 은총을 언급하고 싶다. 망치기가 십상인데 그녀의 단편들이 성공했다는 의미로. 그 단편들은 이 장르의 예술을 이해하고 싶어하는 사람에게 모델이 된다. 주목할 만한 점은 그 단편들이 모든 생각, 모든 이념에 독창적인 관점으로 기습하듯 접근한다는 것이다. 독특한 유머―그녀가 그로테스크하다고 부르는―는 삶에 대한 엉뚱하고 역설적인 비전에서 나오는데, 결국 그것을 부인할 수 없는 진실처럼 받아들이지 않을 수 없다.

그녀의 경우 단편은 감각의 중개를 통해 독자에게 말을 거는 것이다. 추상을 경계해야 한다. 그녀는 주장했다. "모든 것이 머리가 아니라 피를 통해야 한다." 이런 말도 했다. "픽션의 저자는 눈 속에 모든 것의 시금석을 갖고 있다." 또 이렇게 말하기도 했다. "이야기꾼은 연민은 연민으로, 감동은 감동으로, 생각은 생각으로 만들어지는 것이 아니라는 사실을 알아야 한다. 그것들에 육신을 부여해야 한다."

마르셀 아를랑은 플래너리 오코너처럼 단편에 이론이 필요하지 않다고 생각했다. "단편이 제 가족들에게 요구하는 것은 사랑이며, 제 천성에 부합하는 내적 리듬이다."

단편소설이라는 말은 몇 세기를 거친 뒤에야 오늘날의 의미를 갖게 되었다. 18세기에는 산문 또는 운문으로 된 이야기들을 그렇게 불렀다. 그런데 그 이야기들은 대개 장편소설이었고, 500쪽이 넘는 경우도 있었다. 고전주의 시대의 그 '단편들'은 바로크 시대의 두툼한 소설 속에 삽입된 여담들과 유사하다. '콩트'라는 말이 사용되기도 했다. 볼테르의 《철학 콩트와 소설》처럼. 콩트·우화·소설이 잘 구분되지 않았다. 구분하기 위해 대개는 형용사를 덧붙였다. 윤리적 단편·역사적 단편·에스파냐 단편 등…. 19세기에 이르러 단편소설은 장편소설과 구분된다. 그러나 콩트와는 여전히 구분되지 않는다.

현대적 의미에서 단편소설의 운명은 경제적 조건과 맞물려 있는 것처럼 보인다. 나는 어떤 나라·어떤 시대에 작가들이 생계를 유지하게 해주는 언론과 잡지가 존재할 때 단편소설이 비약적으로 발전한다는 사실을 관찰했다. 프랑스의 모파상·러시아의 체호프·미국의 포크너·헤밍웨이·스콧 피츠제럴드가 그렇다. 오늘날 프랑스에서 단편을 한 편 써보시라. 그것으로 대체 뭘 할지 알 수 없을 것이다. 신인 작가가 출판사에 단편소설을 가져가면 십중팔구 이런 대답을 듣게 된다. "재능이 없진 않습니다. 그런데 장편소설부터 내실 생각은 없으세요?"

스콧 피츠제럴드 이야기로 돌아가면, 그는 돈을 위해 단편소설을 썼으며, 그 일은 마지못해 하는 고역일 뿐 장편소설에 몰두하고 싶었다고 주장했다. 그는 사흘 만에 단편소설 한 편을 썼고, 하루나 하루 반나절 동안 수정한 뒤 바로 원고를 넘겼다. 반들반들한 광택지를 쓰는 잡지 가운데 가장 번창하던 잡지인 〈새터데이 이브닝 포스트〉는 원고료를 가장 후하게 지불했지만, 구독자들의 보수적인 성향이 문제였다. 이를테면 자살에 대해 말하는 것은 금기였다. 이 잡지는 피츠제럴드 고유의 특징인 '재앙의 필치'는 기꺼이 없애고 성적 매력만 남겼을 것이다. 이 잡지사는 그의 이야기들 가운데 최고의 작품 몇 편을 거부했다. 특히 할리우드를 배경으로 한 탓에 노마 시어러 · 어빙 탈버그 · 존 길버트 · 마리온 데이비스가 자신을 알아볼 우려가 있는《광란의 일요일》을 거부했다. 허스트가 샅샅이 검열했다. 몇 대목을 잘라낸 적도 있었다. 피츠제럴드는《작가수첩》의 B(Bright Clippings, 빛나는 삭제글) 항목 아래 잘려나간 글들을 모았다. '거부당하고 해체된 단편들'을 위한 파일도 있었다. 내가 보기엔 사실 같지 않지만, 그는 최선을 다해 단편소설을 쓴 뒤 잡지 독자들이 먹기 좋게 망가뜨렸다고 주장했다. 그리고 그 단편소설들이 치과에서 기다리는 반시간을 때우기에 충분할 만큼 괜찮았다고 말했다. 그는 돈을 좋아하면서 동시에 자기 예술에 대해 높은 자부심을 가질 수 있다고 주장한 헨리 제임스와는 반대였다.

내리막길에 접어든 스콧 피츠제럴드는 〈새터데이 이브닝 포스트〉에서 〈에스콰이어〉로 건너갔고, 원고료를 점점 더 적게 받았다. 그의 아내 젤다도 남편의 문학적 가치를 높이 평가하지 않았으며(남편과 경쟁할 욕구를 느끼고 글을 쓰기 시작한 순간만 빼고), 자신의 산문이 〈새터데이 이브닝 포스트〉에 실리는 것을 근사하다고 생각했다. 스콧의 생애 말엽에 그녀는 그에게 〈포스트〉를 위해 다시 일할 것을 제안했다. 그러자 그는 새 주간인 웨슬리 W. 스타우트라는 젊은 녀석이 야심에 차 우쭐대며 문체 따위는 깡그리 무시하고 낚시·축구·서부 이야기만 싣는다고 대답했다. 그는 덧붙였다. "결말이 좋지 않은 이야기를 팔 가능성은 전혀 없어. (당신이 기억하는지 모르겠지만 예전에 내 단편들은 대개 결말이 안 좋았잖아.)"[111]

단편과 장편의 차이는 무엇인가? 내가 보기에는 작가가 느끼는 것이 중대한 차이이다. 단편은 말끔하게 도려낸 현실의 조각이고, 삶에서 끌어낸 것 같은 시작과 끝이 있는 이야기이다(진짜 삶에서는 정확히 어떤 순간에 이야기가 시작되고 끝나는지 결코 알지 못하지만). 단편은 짧은 시간에 쓰고, 쓰고 나면 더이상 생각하지 않는다. 반면 장편은 몇 달 동안, 때로는 몇 년 동안 함께하는 동반자이다. 게다가 그 시간은 꽤나 달콤하다.

장 자크 루소는 기이하게도 단편소설이 문학의 코르시카 섬

---

111) 1940년 5월 18일 자 편지.《프랜시스 스콧 피츠제럴드의 편지들》, 찰스 스크라이브너스 선스, 1963년.

같다고 선언한다. 자연만이 유일한 입법자인 섬. 괴테는 단편소설을 "실제로 일어난 전대미문의 사건"으로 규정한다. 이삭 바벨은 "단편소설은 은행 수표 같은 정확성을 갖춰야 한다"고 단언한다. 바벨은 단편을 한 편 썼다. 단편에 관한 단편을. 화자는 부유한 부르주아 여자가 모파상의 《고백》을 번역하는 것을 돕다가 결국 그녀의 품에 안기고 만다.

아마도 신문에 싣기 위해 쓰여서인지 초기의 단편소설은 갑작스러운 결말로 끝나는 완결된 이야기였다. 오직 그런 갑작스러운 결말을 위해, 그 마지막 말장난을 위해 쓰인 것 같은 느낌이 종종 들 정도이다.

저자가 기자이거나 떠돌이일 경우, 단편소설은 현장을 생생하게 포착한 것으로 축소될 수도 있다. 이 점에서 조르주 프리드만의 생각이 완전히 틀린 것은 아니었다. 에스파냐 내전 동안 헤밍웨이는 모든 주민이 피신한 마을의 다리 근처에 홀로 남아 있는 노인을 발견했다. 이 경험으로 그는 강렬한 단편소설 한 편을 썼다. 아니, 처음에는 르포르타주로 썼다가 나중에 단편소설이라고 불렀다. 제목조차 바꾸지 않았다. 《다리 옆의 노인》.

모파상의 경우도 마찬가지이다. 그는 사회 기사나 노르망디 농가에서 일어난 외설적이고 비극적이며 잔혹하기도 한 이야기들에서 자양분을 얻는다. 코 지방을 무대로 한 《피에로》[112]에서 사람들은 개를 채석장에, 깊은 우물 속에 집어던지고, 개들은 그 속에서 서로 잡아먹는다. 이것은 모파상이 1882년에 쓴 단편이다. 그러니까 1910년부터 터키에서 벌어진 일보다 앞선 것이다. 터키에서는 콘스탄티노플 거리에서 잡은 개들을 음산한 옥시아섬에 갖다버렸다.

그렇다고 단편소설을 쓰는 것이 그다지 어렵지 않다고 결론 내리지는 말아야 한다. 게다가 그 단편소설이 성공하는 건….

이 장르를 조금 더 파악하려고 애쓰다 보면 매우 중대한 장애물인 헨리 제임스를 만나게 된다. 그의 사례는 오래 연구해볼 만하다. 그는 자기 작품들을 테일tale · 노벨라novella · 노블novel 로 분류하는데, 분류 기준은 길이인 것 같다. 그는 자신의 이야기 《진품》의 화가처럼 이렇게 털어놓는다. "실물에 의거해 연상된 사물을 천성적으로 좋아하는 것이 나의 변태적 성향이다. 실물의 결핍은 곧 연상능력의 결핍으로 생각되었다. 나는 존재하는 것처럼 보이는 사물들을 좋아했다. 그 사물들이 정말로 존재하는지 아닌지를 아는 것은 부차적이고 거의 언제나 무의미한 문제였다." 그래서 그는 도심에서 저녁 식사를 하며 나눈 수다에서 알게 되어 《작가수첩》에 모아둔 적나라한 사실을 이야기하지 않는다. 그는 가상하고, 암시하고, 연상한다. 인물들의 내적 감정을 표현할 때도, 그들의 대화에서도 같은 태도를 이어간다. 요컨

---

112) 《콩트와 단편들》 1권, 갈리마르 플레야드 총서, 1974년, 370쪽.

대 서사방식에서 그의 긴 장편소설들과 거의 다르지 않은 그의 단편들은 우리가 단편이라는 장르에 기대하는 것과 전혀 상반된 다. 그런데도 종종 길이 남을 성공을 이뤄냈다. (이 점에 관해서는 헨리 제임스의 단편소설《폐허의 벤치》에 실린 J. B. 퐁탈리스의 예리 한 서문을 추천하고 싶다.[113])

또 다른 미국인 작가 셔우드 앤더슨은 포크너, 헤밍웨이 그리 고 '잃어버린 세대'의 연장자로서, 잘 만들어진 콩트의 구속복에 서 단편소설을 해방시키고 자유를 제공한 최초의 인물 가운데 한 명이었다. 그래서 그는 체호프와 비교되었다. 그는 당연한 일 이라고 대답했다. 오하이오 주에서는 러시아처럼 양배추를 먹고 살았다. 그러니 자신은 미들 웨스트의 체호프가 될 운명이었다 는 것이다. 체호프는 그 누구보다 완결된 이야기의 규칙과 단절 한 작가다.

안톤 파블로비치 체호프의 단편들은 대개 앞선 것을 문제 삼 거나 앞선 것과 모순되는 일종의 음악적 화음으로 마무리된다. 한 가지 예로《약혼녀》를 보자. 젊은 시골 여자는 마지막에 모스 크바로 영영 떠난다. 하지만 체호프는 살짝 덧붙인다. "그녀 생 각으로는 그랬다."

이오니치라는 이름을 가진 체호프의 등장인물은 이렇게 생각

---

113) 폴리오 클래식, 3773번, 갈리마르, 2002년.

한다. '범인凡人은 단편소설을 쓸 줄 모르는 게 아니라, 쓰고는 감출 줄 모르는 자이다.'[114]

---

114) 《체호프 작품집》 3권, 갈리마르 플레야드 총서, 1971년, 816쪽.

미
완
성
작

죽음과 경솔은 우리를 미완성으로 몰고 간다. 문학에서, 더 일반적으로는 예술에서, 미완성작은 유작遺作이 될 강력한 경향을 보인다. 로제 마르탱 뒤 가르는《모모르 대령》[115]을 쓰면서, 소설이 끝없는 여담으로 부풀어가는 걸 지켜보면서 자신의 기력이 쇠약해지는 것을 느꼈고, 결국《모모르》가 유작이 되리라는 생각에 굴복했다. 혹은 안도했다. 그가 그 작품의 주인공에게 '죽음 (mort, 모르)'이라고 더듬거리는 것 같은 이름을 붙인 건 우연일까? 마르탱 뒤 가르는 끝이 없는 자신의 소설을 출간할 수 있게 만들 술책을 상상했다. 주인공의 죽음이나 저자의 죽음만이 소

---

115) 갈리마르 플레야드 총서, 1983년.

설의 미완성을 설명할 수 있었다. "이것은 아무 때고 중단되어도 지장 없는 책이다. 언제 죽을지 모르는 칠십대 노인의 편지로 설정되어 있기 때문이다. 내가 원고를 어떤 상태로 남기든, 편집할 때 주석 몇 줄만 덧붙이면 충분히 수긍할 만한 마무리가 될 것이다."[116]

다만 마르탱 뒤 가르는 자신의 소설에 일기 형태를 부여할지, 아니면 회고록이나 서간집의 형태를 부여할지 망설였다. 세 가지 중 어떤 경우라도 그의 술책은 통했다.

카프카는《성城》을 정말 미완성작으로 남겼다. 그는 자기 기억들로 만들어진 황폐한 집 한 채를 재료로 삼아 다른 집을, 자신의 소설들을 지으려 하는 사람에 자신을 비유한다. 그러나 작업 도중에 힘이 빠져 결국 반쯤 허물어진 집과 미완성의 집을 남긴다.

《잃어버린 시간을 찾아서》로 넘어가보자. 일부가 유작인 이 작품은 인생과 마찬가지로 완성 혹은 미완성으로 간주될 수 있다. 저자가 십 년 · 이십 년 · 삼십 년을 더 살았더라도 끊임없이 작품을 고치고, 또 고치고, 늘렸으리라 짐작해볼 수 있기 때문이다. 《되찾은 시간》의 화자는 이렇게 말한다.

"(…) 이 엄청난 책들 속에는 초벌 스케치를 하는 시간만 투자

---

116) 같은 책, 804쪽.

된 부분들이 있다. 건축가의 설계도 규모가 방대해서 그 부분들은 아마도 결코 완성되지 못할 것이다. 얼마나 많은 대성당들이 미완으로 남았는가!"[117]

무질이야말로 경이로운 건설 현장 같은 《특성 없는 남자》로 우리에게 진정한 미완성작을 남겼다.

파스칼 피아는 자크 드 라크르텔과 장 콕토가 라디게[118]의 장례식에 참석해 《도르젤 백작의 무도회》를 마무리 지을 방법에 대해 논의했다고 나에게 이야기해주었다.

비톨트 곰브로비치는 독특한 기질과 역사의 변덕 덕에 미완성작이자 동시에 완성작인 책 한 권을 남겼다. 법학도 시절 그는 친구와 합작으로 '요리사 아주머니들을 위한' 소설을 한 권 써서 큰돈을 벌기로 마음먹는다. 하지만 "나쁜 소설을 쓰는 것이 좋은 소설을 쓰는 것보다 더 쉬운 일은 아니다." 그 생각에 내내 사로잡혀 있던 그는 수준 높은 연재소설 《저주 걸린 사람들》에 덤벼든다. 이 작품은 1939년 폴란드의 두 일간지 〈엑스프레스 포란니〉와 〈도브르 비에토르! 쿠리에르 테르보〉에 실리기 시작한다.

---

117) 《잃어버린 시간을 찾아서》 3권, 갈리마르 플레야드 총서, 1989년, 610쪽.
118) 레몽 라디게, 1903~1923, 《육체의 악마》, 《도르젤 백작의 무도회》라는 비범한 심리소설을 남기고 요절한 천재 작가—옮긴이.

그는 Z. 니에비스키라는 가명으로 그 작품을 펴냈다. 고딕풍이면서 동시에 폴란드 문학에서 부여하는 의미로 '그로테스크'한, 다시 말해 조롱을 가득 실은 소설이었다. 그러던 중 독일이 폴란드를 침공하고 신문 발행이 중단된다. 더 큰 비극에 대처해야 했던 폴란드인들은 《저주 걸린 사람들》의 결말을 알지 못하게 된다.

곰브로비치는 1969년에 이르러서야 자신이 그 소설의 저자임을 털어놓는다. 소설은 여전히 결말 없는 상태로 1973년에 프랑스의 쿨투라 출판사에서 폴란드어로 출간된다.

사람들은 폴란드와 남아메리카 사이의 해상관계를 여는 개통식에 초대받은 곰브로비치가 1939년 8월 21일 부에노스아이레스에 도착했고, 그곳에서 이십사 년이나 머물게 되리라는 것은 짐작도 못 하고, 흔히 그러듯이 이어서 쓰려던 연재소설을 끝내지 못한 채 망명하게 된 것으로 생각했다. 그러나 1986년, 그 소설의 결말이 1939년 9월 초에 〈쿠리에르 테르보〉에 실렸다는 사실이 밝혀졌다. 사람들이 예상했던 결말이 확인되었다. 행복한 결말이었다. 저주에 걸린 두 주인공 월락과 마야가 저주에서 풀려나, 마침내 자신들이 서로 사랑한다는 것을 깨닫게 되기 때문이다.

"나는 고개 몇 개를 올랐고, 계곡을 향해 눈길을 던졌고," 또 한 명의 독특한 폴란드인이 펴낸 어느 텍스트는 이렇게 중단된다. 손으로 쓴 다음의 메모가 이어졌다. "장 포토스키 백작은 몽골로 떠나기(중국 대사관으로 파견되기) 직전인 1805년에 페테르부르크에서 제목도 결말도 없는 이 원고를 출간했다. 이 작품에서 그가 한껏 발휘한 상상력이 훗날 그를 다시 불러들일 때 계속 쓸지 말지 유보한 채."

백작은 중국에서 돌아왔고, 그 텍스트를 이어서 썼다. 이것이 바로《사라고사에서 발견된 원고》이다. 프랑스어로 썼고, 폴란드어로 번역되었고, 다시 프랑스어로 번역되었고, 일부는 분실되고 다시 발견되고 도둑맞은 이 원고를 미완성작으로 간주할 수 있을까? 작품의 구조 자체도 독자에게 끝없는 악몽 같은 현기증을 유발하도록 구성되었다. 액자구성으로 이야기 속에 이야기가 들어 있는 형태지만, 모두 동일한 이야기, 두 마녀가 함께 쓰는 침대에 들어가게 된 한 남자의 이야기를 하고 있다. 그 열락을 맛본 뒤— 아니면 한낱 꿈이었던가?—남자는 묘지의 교수대 아래에서 깨어난다. 그 상황은, 로제 카이유아가 서문에 썼듯이, "마치 저주의 거울이 끝없이 비추듯"[119] 되풀이된다.

미완과 포기를 혼동하지 말아야 한다. 이를테면《뤼시앙 뢰방》이 그렇다. 이것은 포기한 작품이 틀림없다. 스탕달은 이 작

---

119) 로제 카이유아의 서문,《사라고사에서 발견된 원고》, 갈리마르, 1958년, 15쪽.

품을 절대 출간할 수 없으리라는 것을 알았다. 적어도 그가 '현재 상황'이라고 말한 상황이 계속되는 한. 다시 말해 루이 필리프가 프랑스의 왕이고 그가 공직자로 남는 한 그 작품을 출간할 수 없다는 것을 알고 있었다. 클로드 루아처럼 우리도 "어떻게 끝날지를 알고 싶어하는 우리의 천진한 욕망"에 관해 의문을 품어볼 수는 있다. "그렇지만 스탕달의 의도는 명백히 잘 알려져 있다. 남자 주인공은 결국 여자 주인공을 다시 만났고, 두 사람을 갈라놓으려고 뒤 푸아리에 박사가 꾸민 혼란은 해결되었고. 뤼시앙과 샤스틀레 부인은 행복하게 살면서 아이들을 많이 낳았다. 아주 좋다. 그러나 우리가 애타는 건 단지 어떻게 끝날지 알고 싶어서만이 아니라(결말은 대충 안다), 저자가 어려움들을 어떻게 헤쳐 나갈지 알고 싶어서이기도 하다."[120]

17세기에, 트리스탕 레르미트는 어느 정도 자전적인 소설인 《총애 잃은 시동》의 결말에서 주인공의 모험이 끝나지 않았음을 예고하며 두 권을 더 쓰겠다고 약속한다. 그리고 그 책들을 쓰지 못한 채 십이 년 뒤에 사망했다. 그 소설 이후로 그는 여러 편의 비극과 시와 전원극 한 편을 썼지만 개인적인 글은 전혀 쓰지 않았다. 아마도 저자는 시동처럼 이른 나이에 우여곡절을 겪다가

---

120) 《행복한 손》, 갈리마르, 1958년, 161쪽.

"여러 부류의 사람들"에게 증오심을 갖게 되어 사람들을 만나는 것을 꺼리게 되었던 것 같다. 환멸과 우울증에 사로잡혀 침묵을 선택한 것이다.

내밀한 일기는 원칙상 미완으로 남을 작품이다. 저자는 일기를 통해 자기 자신과 수다를 떨고, 저자의 죽음만이 일기를 중단시킬 것이기 때문이다.

어린 마리 바쉬키르트세프는 자신의 《일기》[121]에 "나는 영예를 원해!"라고 쓴다. 그리고 서둘러 덧붙인다. "이 일기가 그 영예를 나에게 가져다주지는 않을 것이다. 이 일기는 내가 죽고 난 뒤에야 출간될 것이다. 생전에 드러내기엔 이 일기장에서 내가 너무 발가벗고 있기 때문이다." 그러나 그녀는 기력이 다할 때까지 일기를 쓴다. 그녀가 죽어갈 때, 그녀처럼 화가이고 역시나 죽어가고 있던 쥘 바스티앙 르파주가 그녀의 머리맡에 찾아온다. 두 사람은 더 이상 그림을 그릴 수 없다는 사실에 절망한다.

"우리 신세가 참 가련하지! 그 많은 수위들은 그렇게 건강한데! 에밀은 감탄스러운 동생이야. 쥘을 어깨에 메고 4층까지 오르내리니 말이야. 나도 디나에게서 똑같은 헌신을 받고 있어. 이틀 전부터 내 침대는 거실에 놓여 있어. 그렇지만 거실이 너무

---

121) 파스켈, 1955년.

크고 병풍과 의자와 피아노로 분리되어 있어서 우리는 서로를 보지 못해. 난 계단을 오르는 것이 너무 힘들어."

11일 뒤인 1884년 10월 31일 그녀는 죽었다.

루소는 산책 중에 게임용 카드에 메모를 하곤 했다. 그 카드 중 하나에서 이런 글귀를 읽을 수 있다. "죽음은 느린 걸음으로 다가오며 세월의 흐름을 알리고, 그 슬픈 접근을 나에게 보여주며 한껏 느끼게 하는데⋯."[122]

한 시대의 동요를 예고한 이 문장은 미완이라는 점에서 그 비극적 강도가 한층 부각된다.

미완성으로 끝난《고독한 산책자의 몽상》은 일기이기도 하다. 열 번째 산책은 짧게 끝난다. 그렇지만 루소를 좋아하는 사람에게는 이 산책이 가장 감동적이다. "오늘은 꽃핀 부활절. 내가 바랑스 부인을 처음 만난 것이 정확히 오십 년 전이다⋯."[123]

네르발은 "시간의 발레"[124]라고 부를 생각도 했던 수수께끼 같은 소네트《아르테미스》에서 무슨 이야기를 하려 한 걸까?

열세 번째 여자가 돌아온다⋯. 또한 첫 번째 여자이다

---

122)《루소 전집》1권, 갈리마르 플레야드 총서, 1962년.
123) 같은 책.
124)《네르발 전집》3권, 갈리마르 플레야드 총서, 1993년, 648쪽.

그리고 언제나 유일한 여자이다―혹은 유일한 순간이다

오 그대여, 그대는 여왕이시니! 첫 번째 여자인가 마지막 여자인가?

그대는 왕이시니, 그대는 유일한 연인인가 마지막 연인인가….

여기서 미완성은 영원 회귀가 된다.

역설적인 방식으로, 《우상숭배의 책》에 담긴 브루노 슐츠의 비전과 같은 완벽에 대한 신비주의적 비전은 모든 완성과 양립 불가능해 보인다. "(…) 끝까지 온전하게 도달할 수 없는 것들이 있다. 하나의 사건 속에 담기기엔 너무 크고 너무 장엄한 것들이다. 그것들은 그저 도달하려고 애쓰고, 현실의 바닥을 더듬는다. 바닥이 그것들을 견뎌낼까? 그래서 그들은 곧 뒤로 물러난다. 불완전한 구현 속에서 자신들의 온전함을 잃을까 겁내는 것이다."[125]

문학에서와 마찬가지로 삶에서도 어떤 사랑들은 끝내기를 마치지 않고 흩어진다. 사람들은 곧 장애물들을 뛰어넘고 함께 살

---

125) 《음산한 요양소》, 레트랑제르, 갈리마르, 1994년, 22쪽.

수 있을 거라고 서로 약속한다. 그러나 기일은 언제나 연기된다. 그들은 똑같은 말을 계속 내뱉고, 매번 조금씩 덜 믿으면서 똑같은 약속을 서로에게 한다. 위대한 사랑은 빈 조개껍데기처럼 변해간다.

반대로, 일시적 연애를 경험한다고 믿었던 사람들이 결코 끝나지 않을 사랑의 그물에 빠지게 되는 일도 있다. 《개를 데리고 다니는 여인》의 인물들이 그렇다. "그는 그들의 사랑이 결코 고갈되지 않을 것이며, 결코 끝나지 않으리라는 것을 명백히 확인했다. 안나는 점점 더 그에게 집착했고, 그를 숭배했다. 이 모든 것이 끝나야 한다고 그녀에게 말한다는 건 생각조차 할 수 없는 일이었다. 말해봤자 그녀는 그 말을 믿지 않았을 것이다. 새로운 삶, 그들이 그토록 열렬히 갈망하는 둘의 삶은 멀어도 아주 멀어 보였고, 더없이 골치 아프고 더없이 어려운 시련은 이제 막 시작되었을 뿐이다."[126]

또 어떤 이들은 더 천진하게 결코 아무것도 끝나지 않았다는 느낌을 받는다. 삶의 시련이 사랑의 영역에서 그들 대신 그들의 열정을 끝내는 일을 떠맡는다. 그러나 그들의 열정은 일시 정지될 뿐이다. 상황이 달라져 재회하게 되면 그 열정은 계속 타오를 수 있을 것이다. 적어도 그들은 그렇게 믿는다.

---

126) 《체호프 작품집》 3권, 갈리마르 플레야드 총서, 1971년, 903쪽.

우리 가운데 많은 이들이 그렇지 않은가? 죽은 이들, 우리를 떠나간 이들이 있어도 우리는 여전히 그들과 함께 살아가고, 마음속으로 그들을 여전히 사랑하고, 미워하고, 그들과 반목하고, 화해한다. 이야기가 멈춘 날 우리는 이야기를 다시 이어간다. 그 이후를 상상하려고 애쓴다. 우리의 관계는 우리와 더불어 끝날 뿐이다. 우리가 오랫동안 《야생 야자수》라는 제목으로 알았던 작품 《예루살렘, 내가 너를 잊는다면》의 주인공이 다음의 말을 하는 것은 단순히 기억 때문만은 아니다.

"(…) 그녀가 존재하길 멈추었을 때, 추억의 절반 또한 존재하길 멈추었다. 내가 존재하길 멈추면 모든 추억이 존재하길 멈출 것이다. ―그렇다. (…) 슬픔과 무無 사이에서 나는 슬픔을 택하겠다."[127]

《피터 이벳슨》에서 사랑은 이별과 죽음조차 이긴다. 그러나 마지막에 이르러 피터의 일기는 문장 중간에서 중단된다. "무엇보다 내가 바라는 건…"[128] 마치 저자는 자신의 감동적이고 빛나는 우화를 전개하기 위해 온갖 노력을 기울였음에도 불구하고 언제나 미완성작의 공통 법칙 속에 다시 떨어지고 말리라는 사

---

127)《포크너 소설 작품집》3권, 갈리마르 플레야드 총서, 2000년, 234쪽.
128) 조르주 뒤 모리에,《피터 이벳슨》, 레몽 크노 번역, 갈리마르, 1946년, 335쪽.

실을 알았던 것 같다.

페넬로페의 베짜기는 더없이 충실한 사랑을 위해 미완성으로 남는다. 오디세우스가 신의 징벌을 받아(또는 훨씬 시시한 이유로) 아무리 떠돈다 한들 그녀는 낮에 짠 베를 밤이면 끝없이 풀 것이다. 그런데 이타카의 왕이 마침내 돌아왔다. 베는 어떻게 되었을까? 아마도 영원히 미완성으로 남았을 것이다.

'죽어서 태어난 사랑amour mort-né'은 낭만주의자들에게 친근한 테마이다. 그런 사랑에서는 첫눈에 반하는 일과 이별이 동시에 일어난다. 두 심장을 불붙게 하고 절망에 빠뜨리는 데는 단 일 초면 충분하다. 이것은 미완의 절정이다. "번쩍… 하는가 싶더니 금세 깜깜한 밤이다!" 보들레르는 《지나는 여인에게》에서 이렇게 말한다. "오, 내가 사랑했을지도 모를 그대여, 오, 그대가 그걸 안다면!"

보들레르의 지나가는 여인은 상중喪中이다. 상실·망명·패· 삶의 흐름을 끊어놓는 모든 것에 관한 위대한 시《백조》의 안드로마케처럼 아마도 과부일 것이다.[129]

사랑과 절망을 품은 짧은 만남, 지나가는 여인과의 짧은 만남은 보들레르 이전 페트뤼스 보렐의 콩트《아름다운 유대 여인 디

---

129) 《체호프 전집》 1권, 갈리마르 플레야드 총서, 1975년, 92쪽과 85쪽.

나》에서 이미 그려졌다.

체호프는 언뜻 보자마자 잃게 되는 아름다움의 장면을 두 번이나 환기한다. 자전적 이야기인 단편소설 《아름다움》[130]에서, 그리고 1887년 4월 누이에게 보낸 편지에서 그것을 언급한다. 그는 역 2층 창문에서 "생기 없고 아름다운" 여인을 보았다고 누이에게 이야기한다. "가슴속에 불이 타올랐지만 나는 내 갈 길을 갔어."[131]

아나톨 프랑스는 "미완성과 의도치 않은 것이 주는 온갖 행복"에 대해 말한다. 그러나 문학에서 미완성의 챔피언은 플로베르다. 늘 이루어지지 못하는 엠마 보바리의 사랑, 평생 이어지지만 실현되지 못하는 프레데릭 모로와 아르누 부인의 열정, 부바르와 페퀴셰의 채워질 수 없는 백과사전적 욕구….

나는 《밤은 부드러워》[132]처럼 중얼거림으로 끝나는 소설에 오금을 쓰지 못한다. 마지막 장章에서 우리는 주인공 딕 다이버의 소식을 듣는다. 그러나 그 소식은 점점 더 모호하고 드문드문해

---

130) 《체호프 작품집》 2권, 갈리마르 플레야드 총서, 1970년, 570쪽.
131) 《서간집》, 프랑스 출판인 연맹, 1966년, 83쪽.
132) 벨퐁, 1985년.

진다. 우리는 그가 의사로 버팔로에 자리 잡았다가, 그후 뉴욕 주의 바타비아로, 그리고 다시 록포트로 갔고, 그곳에서 몇 가지 골치 아픈 일이 생겨 핑거 레이크스 지역의 제니바로, 혹은 그 도시건 아니면 다른 도시건 '그 고장'으로 갔다는 것을 알게 된다. 딕 다이버의 소식, 그리고 소설은 거기서 멈춘다. 니콜은 이렇게 외친다. "난 딕을 사랑했어. 그를 결코 잊지 못할 거야." 그러자 그녀의 새 남편이 대답한다. "물론 그렇겠지. 당신이 왜 그 사람을 잊겠어?"

글쓰기에는 미완성을 강조하기 위한 기호가 있다. 말줄임표 세 개(중국어에서는 여섯 개를 찍는다!). 그러나 일부 저자들은 한 줌씩 뿌리기도 한다. 더이상 아무 말도 하지 않아도 되도록.

피렌체 아카데미아의 미완성된 네 노예는 대리석에서 반쯤 형체를 뽑아낸 상태다. 미켈란젤로는 일부러 그 노예들을 완전히 끌어내지 않았다. 정신은 물질에서 벗어나지 못한다. 엘리 포르는 이렇게 썼다. "그가 대형 동상을 반쯤 만들었을 때 그 동상은 이미 시대에 뒤졌고, 다른 번민들, 다른 승리들, 다른 실패들이 제 차례를 주장했다. 그는 자신의 동상과 기념물들을 끝내는 법이 거의 없었다." 그리고, 더 심오한 방식으로 이렇게 말한다. "미켈란젤로가 위대한 것은, 우리는 최종적인 행복에 도달할 수 없으며, 인류는 더이상 고통받지 않기 위해, 그리고 죽지 않기 위해 휴식을 찾으며, 휴식을 얻자마자 다시 고통에 빠져든다는 사실을 깨닫고, 그것을 말했기 때문이다."[133]

로댕도 상상력에 기회를 주기 위해 종종 의도적으로 자신의 조각품들을 미완으로 남겼다. 레오나르도 다 빈치로 말하자면, 바사리는 그가 "그토록 변덕이 심하고 불안정하지 않았다면 문화에 대한 이해와 심오한 깊이에서 한참 부족했으리라"고 주장한다. "레오나르도 다 빈치는 여러 영역에서 탐구를 시도했지만, 시작하자마자 포기하곤 했다."[134] 프로이트는 미완성이 레오나르도의 중대한 '증상'이라고 생각했다.[135]

앙리 미쇼는 《파사주》의 제사題詞로 일본 승려 요시다 겐코(1283~1350)의 작품 《도연초(徒然草, 쓰레즈레구사)》의 한 문장을 택했다. "옛 궁궐에는 반드시 미완의 건물을 남겨두었다."[136]

아름다운 대담집 《미완성 속 어딘가》—릴케에게서 차용한 표현—에서 블라디미르 장켈레비치는 베아트리스 베를로비츠에게 음악에 관해 이렇게 대답한다. "우리는 천부적 차원으로 시간성

133) 《예술사》 1권, 장 자크 포베르, 1964년, 412쪽과 413쪽.
134) 《놀라운 화가, 조각가, 건축가들의 삶, 1542~1550》.
135) 《레오나르도 다 빈치의 유년기 기억》, 갈리마르 '무의식의 앎' 총서, 1987년.
136) 《요시다 겐코 전집》 2권, 갈리마르 플레야드 총서, 2001년, 281쪽.

을 지닌 음악이 어느 정도 미완의 흔적을 품고 있는 이유를 이해한다. 시간의 연속성 안에서 펼쳐지는 모든 것은, 춤이나 흥겨운 작품조차도, 어느 순간 우울을 몇 방울 퍼뜨린다."

그런데 음악은 시간 속에 있지만, "시간의 흐름의 참담함에 무감각해지도록 만들어주는 것도 사실이다…. 음악은 음악가를 실어 날라 죽음이 더이상 중요치 않은 일종의 영원한 현재 속에 붙들어둔다. 심지어 음악은 영원의 생지옥을 사는 방식이다."[137]

슈베르트가 왜 그 유명한 교향곡을 미완으로 남겼는지(그는 그저 스케르초를 구상했고, 아홉 소절만 관현악으로 편곡했다) 생각하느라 상상력을 허비하는 대신, 왜 신비와 절망을 낳는 나단조의 음조를 선택했는지 의문을 가져보는 편이 나을 것이다. 수수께끼를 좋아하는 사람에게 〈미완성 교향곡〉의 수수께끼는, 존재했는지 아닌지 우리가 여전히 알지 못하는 유령곡 〈그문덴 가슈타인 교향곡〉의 수수께끼보다 덜하다.

지나치게 큰 야심은 종종 저자로 하여금 자신의 시도를 끝까지 밀어붙이지 못하게 만든다.《신학대전》과《자본론》이 그렇다.

생애 말엽에 조르주 뒤메질은 성실함이 부족했다고 자책했다.

---

137) 갈리마르, 1978년, 262~263쪽.

"나의 진짜 작업은 이 순간 캅카스의 40개 언어 가운데 하나인 우비크어에 몰두하는 것이어야 했다."

그 언어를 쓰는 사람은 단 한 사람뿐이었다.

"오직 그 일에 매달리기 위해 나머지 모든 걸 버리는 것이 현명한 일일 것이다. 그러나 나에겐 용기가 부족하다. 나는 정말이지 성실하지 못하다."

뒤메질은 죽었다. 그 마지막 시골 사람도 죽었다. 그리고 우비크어도 그들과 함께 죽었다.

연로한 심리학자 폴 자네에게 미완성의 감정은 결핍감缺乏感이라고 불리는 질병이다.[138]

사실 미완성의 질병은 예술가·창작자만 걸리는 것이 아니라 소비자도 걸린다. 솔직히 모두 털어놓자면 나는 《율리시즈》를 처음부터 끝까지 한 번도 읽지 못했고, 〈펠레아스와 멜리장드〉도 끝까지 들어보지 못했고, 〈비단 구두〉도 끝까지 보지 못했다.

내 누이는 스물한 살에 죽어가고 있었다. 그녀는 나에게 털어놓을 속내 이야기가 있었고, 나도 그랬다. 나는 결혼생활에 심각한 위기를 겪고 있다고 그녀에게 편지를 썼다. 그녀는 그게 무슨 말이냐고 나에게 물었다. 그러나 누이의 머리맡에 언제나 어머

---

138) 《강박증과 정신쇠약》, 알캉, 1903년, 264쪽.

니나 다른 사람들이 있어서 우리는 자유롭게 이야기를 나눌 수가 없었다. 나는 그녀에게 대답했다. "아무것도 아니야. 나중에 설명할게."

그러나 곧 그녀는 고통스러워하더니 헛소리를 하기 시작했다. 그녀는 누군가를 불렀는데, 나를 부른 건지 다른 사람을 부른 건지 알아들을 수가 없었다. 그녀는 이런 말도 했다. "잘 알아. 내가….."

미완의 문장은 첫 마디부터 견디기 힘들었다. 나는 우리의 중단된 대화를 자주 상상하며, 그녀와 나 모두에게 필요했던, 속내 이야기를 털어놓을 유일한 친구를 잃었다는 생각을 줄곧 한다.

어떤 것이 더 최악일까? 미완인 것? 아니면 끝나는 것?

낯선 개 한 마리가 당신을 따라 산을 오르기 시작한다. 그러다 갑자기 왔던 길로 되돌아간다. 우리가 더이상 녀석에게 흥미롭지 않은 모양이다.

나에게 아직 할 말이
남아 있을까?

한 작가의, 혹은 더 일반적으로 한 예술가의 마지막 작품은 그 예술가나 다른 사람들의 눈에 마지막으로 보일까? 자신의 창작에 자발적으로 마침표를 찍는 사람은 드물다. 유언이 될 책을 쓴 사람도 드물다. 생 존 페르스의 시적 힘을 빌려 이렇게 주장한 사람도 드물다. "노년이여, 우리 여기 왔노라…. 우리가 남길 장소가 여기에 있다. 땅의 과실들이 우리 담장 아래에 있고, 하늘의 물은 우리의 물탱크 안에 있다. 반암 맷돌은 모래 위에서 쉬고 있다…."

　　"오, 밤이여, 들어라. 황량한 안마당과 고독한 아치 아래, 성스러운 폐허와 무너진 낡은 개미집 사이, 은신처 잃은 영혼의 당당한 발걸음을."[139]

대개 창작자는 고갈 상태가 된다. 1924년 8월 3일에 죽은 조지프 콘래드는 죽기 두 달 전에 앙드레 지드에게 편지를 보냈다.

"내가 가치 있는 일을 전혀 하지 않은 지가 벌써 사 년째라네. 이런 생각이 들어. 이걸로 끝인가?"[140]

그리고 윌리엄 포크너는 이렇게 털어놓았다.

"내가 끝에 다가가고 있다는 걸 알아. 통 밑바닥에."[141]

더이상 할 말이 없는 사람들도 있지만, 단두대의 칼날이 떨어질 때까지 계획을 잔뜩 품고 있는 사람들도 있다. 많은 사람들이 자신에게 남은 시간을, 다시 말해 창작이 끝났다는 것을 의식하지 못했다. 톨스토이는 메모와 계획, 구상을 계속 쌓아가다가 갑자기 집을 나서 어딘가로 죽으러 갔다.

요한 세바스찬 바흐는 예외이다. 그는 자신의 종말이 임박했음을 직감했다. 그리고 〈푸가의 기법〉을 작곡하기 시작했다. 아르망 파라치는 탁월한 에세이 《바흐, 마지막 푸가》[142]에서 이렇게 환기한다. "그는 그 곡을 들을 필요도, 연주할 필요도, 읽을 필요조차 없었다. 그 곡을 작곡하는 것으로 충분했다." 바흐는 〈나단조 미사곡〉의 몇 악장 또는 〈캐논 변주곡〉의 합창 부문을 작업하느라

---

139)《생 존 페르스 전집》, 갈리마르 플레야드 총서, 1972년, 404쪽.
140) '조지프 콘래드에게 바치는 오마주', 〈라 누벨 르뷔 프랑세즈〉 1924년 12월 1일, 17쪽.
141) 존 윌리엄스에게 보낸 편지, 《서간 선집》, 갈리마르, 1981년, 377쪽.
142) 갈리마르 '렁 에 로트르' 총서, 2004년, 53쪽.

〈푸가의 기법〉 작곡을 중단한다. 미완으로 끝난 〈푸가의 기법〉 에는 연주나 악기에 관한 어떤 지시사항도 담겨 있지 않다. 마치 더이상 그런 것에 신경을 쓰지 않았던 것 같다.

반면 차이코프스키는 6번 교향곡 〈비창〉을 작곡하던 중 조카 블라디미르 다비도프에게 이런 편지를 썼다. "'끝나지' 않았다는 확신이 들어 내가 얼마나 기쁜지 너는 상상도 못 할 거야."

그러나 작곡을 마치고 9일 후, 그는 콜레라 혹은 비소 때문에 죽었다. 작곡가조차 눈물 짓게 만든 그 음악의 정서적 힘 앞에서, 차이코프스키가 자신의 교향곡이 "모두에게 수수께끼로 남기를" 바랐다는 사실을 우리가 기억한다면, 〈비창〉은 마지막 작품의 신화를 구현할 모든 조건을 갖췄다고 볼 수 있을 것이다.

때때로 예술가는 자기 창작에 스스로 마침표를 찍는다는 뜻을 분명하게 전하기도 한다. 조금 지나친 멜로로 눈물을 자아내는 영화 〈라임라이트〉에서 찰리 채플린은 그의 역할을 연기하는 칼베로에게 셰익스피어 풍으로 마지막 말을 하게 한다. "마음과 정신… 얼마나 불가사의한가!" 그리고 그는 눈을 감는다. 사람들이 그의 얼굴에 천을 덮어씌우고 그를 실어나간다…. 그리고도 채플린은 다른 영화 두 편을 더 만들어야 했다. 〈뉴욕의 왕〉과 〈홍콩에서 온 백작부인〉. 그의 진짜 마지막 작품은 날개가 돋아난 젊은 아가씨의 이야기인 〈괴물〉이다. 채플린은 여주인공 역할을 자신의 딸 빅토리아에게 맡길 생각이었다. 그러나 결국 촬영하지 못했다.

클로드 루아는 소동파(1037~1101)의 죽음에 대해 이야기했다.[143] 생애 마지막 해 7월 26일, 이 중국 시인은 마지막 시를 쓴다.

이 하이난 마을에서 생을 마치려 하는데
하늘이 선녀를 보내 내 영혼을 부른다.
멀리, 아주 멀리, 그러나 정말 보았다.
송골매가 날고 있는, 하늘 낮은 곳에서
땅의 푸른 머리칼을,
중원을!

7월 28일, 유배지에서 그를 실어 나른 배는 무척 더웠다. 그는 간이침대에서 벽 쪽으로 돌아 누워 죽는다.

그리고 내 친구 클로드 루아는 폐암 수술을 받은 뒤, 그가 '체류증'이라고 부르던 것을 얻은 뒤, 마치 생존훈련이라도 하듯 매일 시 한 편을 썼다. 그는 그 시들을 마지막 작품으로 생각했을까?

---

143) 갈리마르 '렁 에 로트르' 총서, 《천 년 전에서 온 친구》, 1994년, 156쪽.

모든 것이 마지막이 될
날이 올 것이기에.[144]

몰리에르는 피를 토하면서 상상병에 관한 소극을 한 편 쓴다.
그리고 세 번째 공연 때 죽는다.

유서 같은 책을 쓰려는 유혹은 어느 순간이고 불쑥 생겨날 수
있다. "이 책은 죽은 이의 책을 읽을 때처럼 읽어야 한다." 빅토
르 위고는《정관시집》의 서문에 이렇게 썼다.

그는 쥘 자냉에게 알린다. "이 책은 네 개의 부部로 나눌 수 있
을 걸세. 그리고 각 부의 제목은 이러해야 할 거야. 나의 죽은 청
춘기—나의 죽은 심장—나의 죽은 딸—나의 죽은 조국. 슬프지
만!"

그러나 그는 폴 뫼리스에게는 '평온한 시집'에 대해 말한다.
그리고 다른 편지 상대에게는 표지 장식에 관한 걱정을 드러낸
다. "약간 어두운 하늘에 황금빛 별 몇 개로《정관시집》을 장식
하고 싶네."

카프카의 말처럼 "그대는 줄곧 죽음에 대해 말하지만 죽지는
않는다."

---

144)《살금살금 쓴 시》, 갈리마르, 1997년, 106쪽.

스스로 마지막 작품으로 간주하는 것을 쓰다가 문득 의혹에 사로잡힐 수도 있다. 《그대로 이루어지길 또는 게임은 끝났다》[145]를 끝낼 무렵의 지드의 경우가 그랬다. 그는 덧붙인다. "아니다! 이 노트를 끝내고 나면 모든 것이 끝날 거라고, 다 끝났다고 단언할 수는 없다. 뭔가를 더 덧붙이고 싶은 욕구가 생길지도 모르겠다. 지금은 알지 못하는 뭔가를 덧붙이고 싶을지도. 어쩌면. 마지막 순간에 또 뭔가를 덧붙일지도…. 사실 나는 졸리다. 그러나 자고 싶지 않다. 더 피곤해질 수도 있을 것 같다. 지금이 밤 몇 시인지 아니면 아침 몇 시인지 모르겠다. 나에게 아직 할 말이 남아 있을까? 내가 모르는 어떤 할 말이 더…."

그는 살짝 유머를 실어 고백한다. "나는 이렇게 늙도록 살 준비를 해두지 않았다."

이 마지막 작품에서는 큰 자유가 느껴진다. 저자가 그것이 마지막이라고 생각했기 때문이다! "백지가 내 앞에 펼쳐진다. 나는 거기에 아무것이나 쓸 작정이다." "힘 빠진 펜으로", 그는 어린 시절 지켜본 사건에 대한 기억에서 현 순간의 식욕부진(생리적 그리고 지적 식욕부진)으로, 이다 루빈스타인, 스트라빈스키, 코포와 앙드레 바르사크로, 그리고 다시 페기로, 콩고 여행으로, 오스카 와일드로, 샤를 뒤 보스로, 쉬아레스로 넘어간다…. 그는 일화

---

145) '기억과 여행', 갈리마르 플레야드 총서, 2001년, 1073쪽, 1064쪽 그리고 1043쪽.

들과 멋진 이야기들 · 농담들을 축적한다. 유쾌하거나 슬픈 기억들이, 심지어 세바스토폴에서 일어난 외젠 다비의 죽음처럼 비극적인 기억들까지 무질서하게 몰려든다. 그는 즐거워하고 슬퍼한다. 그리고 자신이 생각하는 바를 이야기한다.

죽음은 비예르 드 릴라당의 백조 살해자 트리빌라 보노메 같지 않다. 우리의 마지막 노래는 숭고할 수도 있고, 불협화음일 수도 있고, 아니면 아예 노래가 없을 수도 있다. 죽음은 우리에게서 아무것도 기다리지 않는다. 그러고 보니 체호프는 1막짜리 희곡에 《백조의 노래》라는 제목을 붙이고 늙은 배우에게 이런 말을 하게 한다. "나는 즙 짜낸 레몬 · 수세미 · 녹슨 못 같은 신세야." 그러나 이 배우의 저주를 말년에 이른 작가의 말로 해석할 수도 있다. "아! 헌 신짝, 헌 신짝 같은 신세! 넌 늙어빠진 개 신세다! 노화… 네가 아무리 이야기를 지어내고, 혼신을 다해 연기하고, 바보짓을 해도 소용없다. 그래봤자 삶은 네 뒤에 있다. 병은 비었다. 바닥에 아주 조금 남았을 뿐이다. 찌꺼기뿐이다…."

마지막 작품이 되리라는 확신은 때로 여정 중에 찾아온다. 1963년 오디베르티는 한 해의 일기를 쓰려고 시도한다. "그전 해들처럼 영화를 보고, 자동차들 때문에 투덜거리고, 첫 별이 뜬 로지에 거리의 악취와 향기를 맡고, 아파트를 찾고, 그리스도에게 이번만큼은 해명을 좀 해달라고 요구하며 보내게 될 한 해 내내 나의 이야기를 하는 데 매달리면서, 나는 그해 6월까지도 흰

옷 차림으로 플라스틱 파충류와 다양한 길이의 검을 흔들어대는 남녀 일행과 갑자기 맞닥뜨리게 될 줄은, 그 외과의사와 간호사들이 빠져나가지 못하도록 나를 에워쌀 줄은 알지 못했다."

한 해의 일기는 그렇게 마지막 작품이 되었다. 1965년에 죽은 오디베르티는 그 작품의 제목을 이미 찾아두었다. 매우 짧지만 비할 데 없이 뭉클한 제목이다.《일요일이 나를 기다린다》.[146]

오디베르티의 마지막 책 이야기는 때가 가까웠다고 느끼는 작가들에게 일기를 출간하도록 부추기는 꽤나 일반적인 경향 속에서 하나의 특별한 사례다. 나는 로제 브리니를 떠올린다. 열다섯 편가량의 소설과 에세이를 출간한 뒤, 그는 일기를 출간하기로 결심했다. 어떤 예감이, 때가 되었다는 예감이 그로 하여금 그런 속내 이야기를 털어놓게 만든 것이 틀림없다. 그는 그 속내 이야기를《훔친 순간들》[147]이라 불렀다.

나는 그 '훔친 순간들'을 다시 읽다가 가슴을 에는 한 페이지를 발견했다. 그는 "저마다 자신의 고통을 떠안고 달래기 위해 거듭 하는 온갖 행동들에 대해, 그리고 그것을 전혀 알아차리지 못하는 타인들"에 대해 말한다.

마르크 베르나르의 마지막 책들인《모든 것이 이대로 좋아》와

---

146) 갈리마르, 1965년.
147) 갈리마르, 1996년, 12쪽.

《날이 갈수록》[148]은 사실 아내 엘스와의 사별과 자신의 예고된 죽음에 사로잡혀 쓴, 때로는 슬프고 그럼에도 주위에서 삶은 계속되기에 때로는 유쾌한 일기이다. 그는 "어디로 가게 될지 알지 못한 채 페이지 속을 헤매며 자유로이" 글을 쓴다. 《날이 갈수록》은 그의 사망 직후 출간되었다.

베네치아에 페스트가 창궐할 때, 티치아노는 〈피에타〉를 전염병을 막기 위한 봉헌물로 바꾼다. 그 슬픈 작품 속, 무릎 꿇고 성모를 바라보는 노인의 얼굴에서 화가를 알아보는 것은 금기가 아니다. 화가는 자신의 작품을 완전히 끝낼 시간을 갖지 못했다. 페스트에 걸렸기 때문이다. 지금 티치아노의 묘는 프라리 성당에 있고, 그의 그림은 아카데미아 미술관에 전시되어 있다.

우리에게 얼마의 시간이 주어졌는지 알 수 없다는 사실은 《거장과 마르가리타》[149]에서 불가코프를 이런 성찰로 이끈다. "그렇다, 인간은 죽을 수밖에 없다. 그러나 그건 불행 중 다행일 뿐이다. 진짜 불행은 종종 느닷없이 죽는다는 데 있다. 바로 그것이 난점이다! 어쨌든 인간은 자신이 당장 오늘 저녁 무엇을 하게 될지 결코 말하지 못한다."

알렉상드르 뒤마는 마지막 순간에 이렇게 말했다고 한다. "어

---

148) 갈리마르, 1979년과 1984년
149) 갈리마르 플레야드 총서, 2004년, 394쪽.

떻게 끝날지 내가 결코 알지 못하겠군."

그가 미완성으로 남기게 될 소설《엑토르 드 생트 에르민 또
는 요리대大사전》에 대해 말한 걸까, 아니면 다른 무엇에 대해 말
한 걸까?

루트비히 비트겐슈타인은 유작이 될《철학적 탐구》[150]의 서문
에서 아쉬움을 표한다.

"좋은 책을 쓰고 싶었다. 그런데 운명은 다른 결정을 내렸다.
책을 개선하도록 내게 허용된 시간이 다 흐르고 말았다."

블라디미르 나보코프는 소설《오리지널 오브 로라》를 머릿속
으로 완전히 써두었다. 처음에 그는 부제를 달았다. '죽는 건 재
미난 일이다'. 그러나 지면에 실린 것은 몇 대목뿐이었다. 죽기
일 년 전인 1976년 10월 30일, 그는 〈뉴욕 타임스 북 리뷰〉의 빅
터 루신치에게 이렇게 쓴다. "(…) 낮 동안 망상에 빠진 가운데,
나는 담장에 둘러싸인 정원에서 가상의 소규모 청중을 앞에 두
고 큰 소리로 그 소설을 읽었습니다. 나의 청중은 공작과 비둘기,
오래 전에 돌아가신 내 부모님, 실편백나무 두 그루, 주위를 둘러
싸고 웅크리고 앉은 젊은 간호사들, 그리고 너무 늙어서 거의 투
명인간이 된 듯한 주치의 한 명이었습니다. 내가 발을 헛디디고
발작적으로 기침을 했기 때문인지, 나의 가련한 로라 이야기는

---

150) 철학 총서, 갈리마르, 2004년, 23쪽.

청중에게 큰 감흥을 불러일으키지 못했습니다. 하지만 이 이야기가 나중에 정말 출간되면, 바라건대 지식인 비평가들 사이에서는 성공을 거둘 것입니다."[151]

나보코프는 그 소설의 초고를 태워버리라고 요구했다. 그러나 그럼에도 그 원고는 그가 죽은 지 삼십삼 년 뒤인 2010년에 출간되었다.[152]

운명의 순간이 다가오는 것을 알지 못하고 자신의 집필이 갑자기 중단되리라는 것을 예상하지 못한 이들은 대개 미완의 텍스트를, 심지어는 뒤죽박죽 상태의 원고를 대중의 품에 남기게 된다. 파스칼은 《팡세》와 함께 얼마나 큰 골칫거리를 유산으로 남겼는가! 그 원고를 온갖 방식으로 뒤집고, 다시 뒤집고, 가능한 모든 순서로 다시 배열해봐도 소용없었다. 그 원고는 유작이 될 수 없다. 그것은 기독교 옹호론을 쓸 계획을 세운 사람의 문서요 메모에 불과할 뿐, 그 옹호론의 초고조차 되지 못했다.

《최초의 인간》[153]을 위한 노트에 카뮈는 이렇게 썼다. "이 책은 미완으로 남아야 한다."

자동차 사고로 인한 그의 이른 죽음은 이 기록에 비극적 의미를 부여했다. 사실 카뮈는 한 인간의 삶 그리고 격동과 전쟁에

---

151) 블라디미르 나보코프, 《서간 선집》, 갈리마르, 1992년, 657쪽.
152) 블라디미르 나보코프, 《오리지널 오브 로라》, 갈리마르, 2010년.
153) 《카뮈 전집》 4권, 갈리마르 플레야드 총서, 2008년.

휩쓸린 한 세기의 역사를 아우르는 《전쟁과 평화》 같은 기념비적 작품을, 열린 상태로 남게 될 한 편의 서사시를 상상하고 있다고 말하고 싶었던 것이다. 그는 겨우 도입부를, 아니, 초고 상태의 도입부를 쓸 시간밖에 갖지 못했다. 몇 페이지 안 되는 그 원고는 감동적인 어린 시절 이야기처럼 읽혔고, 어쩌면 더 많이 쓰이고, 더 탄탄히 구성되고, 더 의도적인 그의 다른 작품들보다 독자를 더 감동시켰다. 그러나 더 역설적인 사실이 하나 있다. 그 사실은 무엇을 그의 마지막 작품으로 간주해야 하느냐는 문제를 제기한다. 카뮈는 파리 지성들에 대한 공격이자 자기비판인 절망적인 책 《전락》[154]을 쓰면서 반대로 인간에 대한 사랑과 신뢰를 부르짖는 작품 《최초의 인간》을 위한 노트를 쓰기 시작했다. 그의 내면 깊은 곳에서는 대체 무슨 일이 일어나고 있었을까? 이 두 텍스트가 번갈아가며 앞자리를 차지했던 걸까? 그보다는 《최초의 인간》은 몇 년 전부터 그를 사로잡고 있던 긴 호흡의 작품이었고, 《전락》은 하나의 여담이자 언짢은 기분의 폭발이었을 뿐이라고 생각할 수 있다. 어쩌면 겉보기에만 모순처럼 보였는지도 모른다. 《전락》에서 독백하는 클레망스는 죄인이다. 그러나 《최초의 인간》에서 자기 나라와 가족과 뿌리에 등을 돌린 코르므리는 자신이 보기에 괴물이 되었다…. 두 경우 모두에 염세

---

154) 《카뮈 전집》 3권, 갈리마르 플레야드 총서, 2008년.

주의적 비전이 담겨 있다. 그리고 두 경우 모두에 늘 카뮈를 사로잡았던 유배의 테마가 보인다. 그는 일평생 유배의 감정을 느꼈다.

어쩌면 유배자 카뮈는 클레망스의 씁쓸한 독백을 쓰면서 또 다른 유배자의 역할에서 약간의 감미로움을 찾았는지도 모른다. 잃어버린 나라에서 보낸 자신의 어린 시절을 추억하는 역할에서. 그러므로《전락》과《최초의 인간》은 유배라는 감정의 양면이 될 것이다.

카뮈가《최초의 인간》에 대해 "이 책은 미완으로 남아야 한다"고 말한 반면, 스콧 피츠제럴드는《최후의 대군》[155]을 집필하면서 이렇게 결심한다. "이 소설은 짧아야 한다."

그렇지만 소설은 충분히 짧지 못했다. 그가 집필을 마치지 못했기 때문이다. 죽을 당시 그는 겨우 6장의 첫 에피소드를 쓰고 있었다.

어떤 작가들은 새 저서가 마지막이면 좋겠다는 말을 듣는 굴욕을 겪었다. 부알로가 코르네유에게 던진 유명한 말 "《아틸라》 다음엔 제발 그만"이 그렇다. 그래도 코르네유는《티투스와 베레니스》《풀케리아》《쉬레나》를 더 쓴다. 부알로가 자신의 촌철시(1701년)를 출간하기 위해 코르네유의 죽음(1684년)을 기다린 것은

---

155) 갈리마르, 1976년, 새 번역본.

사실이다.

위대한 작가들 가운데 마지막 작품을 거론할 수 없는 작가들이 몇 명 있다. 그들의 작품은 끊임없이 제작이 늦춰져서 미완으로 남을 수밖에 없는 일평생의 작품이다. 니체·프루스트·무질이 그런 경우다. 니체는 구성에 대한 욕구와 전적으로 자유로운 형태 사이에서 망설인다. 죽음만이 프루스트가 원고와 교정지에 별지를 덧붙이는 것을 멈추게 할 수 있었다. 그리고 무질의 경우는 그의 미출간 텍스트 더미를 계속 뒤져《특성 없는 남자》[156)에 덧붙이고 있다. 비평가들은 마무리를 짓지 못하던 그의 행태를 피학 취향으로 설명한다. 그러나 할 이야기가 아직 더 있고, 완벽에 도달하려고 애쓰는 것이 정말 피학 취향일까?

조르주 베르나노스는《우인 씨》[157)를 마무리 짓지 못해 미완성작이자 유작이 될 작품이라고 생각했다. 그는 그 소설을 1931년에 시작했고, 1940년에야 마침표를 찍었다. 1934년 그는 로베르 발레리 라도에게 이렇게 털어놓았다. "말 많은 내 소설은 음산한 공중변소다. 똑같은 벽에 대고 이렇게 울적하게 오줌을 누는 것이 지긋지긋해지기 시작했다. 내가 이 일을 끝낼 수 있을까?"

그러나 그의 진짜 마지막 작품은《카르멜회 수녀들의 대화》[158)

---

156)《특성 없는 남자》, 개정판, 쇠유, 2004년.
157)《소설 작품집》, 갈리마르 플레야드 총서, 1961년.
158) 같은 책.

이다. 그는 세상을 떠나기 석 달 반 전인 1948년 3월, 완전히 병들어 눕게 된 순간에 이 작품을 끝낸다.

천사 의사라는 별명을 가진, 프란체스코회 수도사이자 철학자인 생 보나방튀르는, 사람들의 말로는, 죽은 뒤에도 회상록을 계속 쓰는 놀라운 특혜를 누렸다고 한다. 그는 샤토브리앙의 부러움을 샀다. "나는 그런 은총까지는 바라지 않지만, 유령의 시간에 부활하고 싶긴 하다. 적어도 교정지를 수정하기 위해."

이런 공상 같은 바람은《사후 회상록》이 샤토브리앙에게 안긴 걱정에서 생겨났다. 그가 유작이 되길 바랐던 이 기념비적 작품은 그의 생전에 여러 차례 출간될 뻔했다. 그를 내내 괴롭힌 돈 문제 때문이었다. 그는 1834년 2월과 3월부터 그 작품을 읽고 또 읽었으며, 그 평가를 책으로 출간했다. 1836년에 출간된 그의 책《영국 문학에 관한 에세이》에서 그 텍스트의 몇몇 단장斷章들을 찾아볼 수 있다. 하지만 그는 탄식한다. "나는 관 속에서 말하고 싶은데." 역시나 1836년 그는 종신연금의 대가로 어느 합자회사에《회상록》을 판다. 그 회사는 그의 사후에 그 텍스트를 출간하기로 한다. 그럼에도 그는 1845년에 그 텍스트를 다시 한 번 읽는다.

1844년 10월이 되자 사태는 불길한 양상을 띤다. 문제의 회사가 그 텍스트를 〈라 프레스〉에 연재할 권리를 에밀 드 지라르댕에게 팔아버린 것이다. 자신의 회상록이 '사탕 봉지'로 전락한다는 생각에 좌절한 샤토브리앙은 서문에 이렇게 쓴다. "내 무덤을 가정할 수밖에 없는 처지에서 내가 얼마나 괴로웠는지는 아무도 알지 못할 것이다."

투자자들은 초조해한다. 작가가 너무 오래 살아 있는 것이다. 연재 형태의 출간은 1848년 10월 21일에 시작된다. 샤토브리앙은 그해 7월 4일에 죽었다. 조금만 더 늦었더라면….

내가 보기에 샤토브리앙의 진짜 마지막 작품은 그 기념비적인 《사후 회상록》이 아니라, 그가 그때까지 창작한 모든 것과 결별한 작품인 《랑세의 삶》이다.

그는 이렇게 쓴다. "내 삶의 인도자의 명령에 따르기 위해 나는 랑세 신부의 이야기를 썼다. 세갱 신부는 그 작업에 대해 종종 나에게 이야기했는데, 나는 그것에 생래적 거부감을 느꼈다."[159]

샤토브리앙은 세르반도니 가街 16번지, 선서를 거부한 옛 사제의 초라한 숙소에서 일종의 고행 같은 그 명령을 받았다. 《랑세의 삶》은 그의 마지막 책이 된다. "나의 첫 책은 1797년 런던에서 쓰였고, 마지막 책은 1844년 파리에서 쓰였다."

타키투스, 루이 16세, 보나파르트를 불러들인, 살짝 과장된 장광설이 이어진다. "세상에서 나는 무엇을 하고 있는가?" 그는 결

---

159) 샤토브리앙은 그의 고해신부인 세갱 신부의 요구에 따라 《랑세의 삶》을 썼다―옮긴이.

론 내린다. "전에 나는 아멜리의 이야기를 상상할 수 있었다. 그리고 지금은 랑세의 이야기를 그리는 처지가 되었다. 세월이 바뀌면서 나는 천사를 바꾸었다."

그렇다고 《랑세의 삶》이 경이로운 작품이 아니라는 뜻은 아니다. 이 책의 근대적 문체는 놀랍다. "몽바종 부인은 영원한 부정不貞에 이르렀다."

장 자크 루소는 무엇보다, 심지어 후대의 판단보다, 자기 원고의 온전한 상태를 더 염려했다. 적들에 대한 걱정 때문에 그는 《고백록》을 생전에 출간하고 싶어하지 않았다. 그러나 자기가 죽고 나면 사람들이 그 원고의 가치를 떨어뜨리려고 왜곡해서 퍼뜨릴까 봐 겁을 냈다. 악보 필경사로 생계를 꾸려온 그는 그래서 그 원고를 손수 필사했다. 알리스 카플랑과 필리프 루생의 연구[160]를 인용하자면, "그는 출간을 맡아줄 보호자들에게 적절한 순간에 원고를 맡김으로써 자기 원고의 사후 운명을 보장하고 싶었다. 하여 1774년 그는 '내 작품의 재판再版에 관한 선언'을 써서, 자신의 작품을 위조·왜곡·훼손 또는 삭제할 출판사들을 앞질러 부인한다."

이 때문에 오늘날의 편집자들, 이를테면 플레야드 총서의 편집자들은 원고를 엄밀히 연구하게 되었다. 작품의 개념에서 텍

---

160) 예일스 프렌치 스터디스, 89호, 드래프츠, 1996년.

스트의 개념으로 넘어간 것이다. 마지막 작품은 저자가 원한 작품이 아니라, 편집자가 모은 다양한 초고며 자료, 잡다한 미간행 텍스트 전체를 가리키게 되었다.

사후에 회상록이나 일기를 출간하게 하는 것은 존속할 기회를 조금이라도 갖기를 희망하는 일부 저자들이 하는 선택이다. 내가 알던 작가들 중 몇몇은 끊임없이 자신의 일기에 대해 이야기했고, 우리는 언젠가 그걸 읽어야 할까봐 겁냈다. 천 페이지도 넘는 그 텍스트는 조금도 흥미롭지 않았다.

루이 기유는 자신의 회상록을 무기가 아니라 갑옷으로 삼았다. 그는 어떤 질문에 대답하고 싶지 않을 때, 이를테면 지드와 함께 한 소련 기행에 관해 물으면 이렇게 말했다. "그 이야기는 《망각의 풀》을 위해 남겨두렵니다." 그건 그가 계획하고 있던 책의 제목이었다. 그리고 《망각의 풀》[161]의 도입부가 발견되었다. 도입부뿐이었다.

상트페테르부르크에서 나는 도스토옙스키가 《카라마조프 가의 형제들》을 탈고한 책상을 보았다. 그는 그 열두 번째 책과 에필로그를 쓰면서 이렇게 선언한다. "나는 책상을 지키고 앉아 말 그대로 밤낮으로 글을 쓴다." 소설은 1880년 12월에 출간된다. 그는 후속 작품을 생각하지만 1월 28일에 사망한다. 책상 바로

---

161) 프랑수아즈 랑베르가 편집하고 주석을 단 판본, 갈리마르, 1984년.

뒤에는 칙칙한 소파가 하나 있다. 도스토옙스키는 그 소파 위에서 죽었다. 책상과 소파는 떼어놓을 수 없는 물건이었다.

글 쓰는 일은 후대의 문제를 제기할 수밖에 없다. 그런 것 따위에 신경 쓰지 않겠다고 마음먹어도 별수 없다. 스탕달의 바람은 아주 잘 알려졌다. 그는 1880년 즈음 혹은 1935년 즈음에 그 행운을 얻게 될 거라고 보았다. 로맹 가리가 매우 객관적인 어조로 나에게 털어놓던 말이 기억난다. "아마도 난 작품이 살아남을 작가들 중 한 명일 거야." 그런 결론에 이르러 나에게 그것을 폭로하기까지, 그는 다른 사람의 일처럼 대단히 정직하게 스스로 질문을 던져본 것 같았다. 더구나 그의 생각은 틀리지 않았다. 사람들은 여전히 그의 책을 읽고 해설한다. 그는 대학에서도 그렇고 대중에게도 살아남았다.

사르트르에게 마지막 작품은 그가 그 순간 쓰고 있는 작품, 전작보다 반드시 나은 작품이다. "(…) 나는 오늘 더 잘할 것이고, 내일은 더욱 잘할 거라 생각한다. 장년의 작가들은 사람들이 그들의 첫 작품에 대해 지나치게 확신을 갖고 칭찬하는 걸 좋아하지 않는다. 나도 해당되는 이야기이기에 확실히 말할 수 있다. 나는 그런 칭찬이 조금도 기쁘지 않다. 내가 쓴 최고의 책은 지금 쓰고 있는 책이다. 책이 출간되자마자 곧, 슬그머니 그 책이 싫어지기 시작한다. 비평가들이 오늘 당장 그 책을 나쁜 책으로 생각한다면 아마도 내가 상처를 입겠지만, 여섯 달 후면 그들의 의

견에 동의할 마음가짐이 되어 있을 것이다. 그들이 그 작품을 참으로 변변찮고 형편없는 것으로 판단하더라도, 나는 그들이 이전의 내 모든 작품들 위에 그 작품을 놓기를 바란다. 내 작품들이 모조리 한꺼번에 낮은 평가를 받는 것에도 동의한다. 연대순의 작품 서열이 유지되어, 내일 더 나은 작품을 쓰고 모레는 더욱 나은 작품을 써서, 결국 걸작을 만들어낼 기회만 나에게 남는다면."[162]

장 로스탕도 같은 이야기를 한다. "책을 출간하고 나면 곧장한 가지 걱정뿐이다. 다음 책을 써서 그 책을 지우고 잊게 만들 걱정."[163]

"사후死後라는 말을 들으면 어떤 감정이 드십니까?"[164]라는 질문에 라틴 아메리카 작가 로베르토 볼라뇨는 이렇게 대답했다. "로마 검투사가 된 기분이지요. 무패의 검투사. 아니면 적어도 사후에 살아남을 가련한 자는 용기를 내기 위해 그렇게 믿고 싶어하지요."

문학 출판 편집위원으로 일하다 보니, 나에게는 결코 유쾌하지 않은 뜻밖의 일이 생기기도 했다. 자신이 암에 걸린 사실을 알고 있던 한 작가가 나에게 원고 세 편을 가져왔다. 내가 다 읽

---

162) 《말言》, 갈리마르 플레야드 총서, 2010년, 131쪽.
163) 《이냐스 혹은 작가》, 파스켈, 1923년.
164) 〈플레이보이〉 멕시코 판을 위해 모니카 메리스테인과 나눈 대담.

고 나자 그가 내 눈을 똑바로 쳐다보며 물었다. "이 원고는 내가 죽기 전에 출간할 겁니까? 아니면 죽고 나서?… 요것은요?… 그리고 저것은요?…."

요컨대, 어떤 것이 그의 마지막 작품이 될지 결정할 사람이 바로 나였다.

1888년, 허먼 멜빌은 오래 전에 잊힌 작가였다. 그는 뉴욕 항구의 관세 감독관이 되었다. 죽음이 그의 주위를 맴돈다. 그의 아들 맬컴은 열여덟 나이에 자살한다. 그는 《빌리 버드》를 쓰기 시작한다. 약 일 년 뒤, 그는 발자크의 《서간집》을 읽다가, 1836년 10월 1일에 발자크가 앙스카 부인에게 보낸 편지에서 독서를 멈춘다. "내 영혼이 얼마나 깊이 고통받고 있는지, 내가 인생 한가운데에서 당한 두 번째 큰 실패에 얼마나 참담한 용기가 필요한지도 당신은 아마 모르실 겁니다. (…) 나는 모든 기대를 내려놓고, 모든 것을 포기했습니다…. (…) 그 결과(《골짜기의 백합》의 실패)에 따라 나는 내 책을 구매할 사람이 프랑스에는 없으리라고 확신합니다."

1891년, 멜빌은 《빌리 버드》을 탈고하고 얼마 안 되어 죽었다. 장 자크 마유는 이렇게 썼다. "그 책은 1924년까지 무시당하고 잊힌 채 원고 상태로 남았다."[165]

---

165) 《멜빌》, 쇠유 '영원한 작가들' 총서, 1958년, 123쪽.

비에유 랑테른 거리의 철문에 목을 맨 음산한 겨울밤, 네르발은 집필 중이던 작품《오렐리아》에 대해 무슨 생각을 했을까? 그의 주머니에서는 원고 몇 장이 발견되었다.

다시 한 번 카프카를 인용하며 결론을 내릴 수 있겠다. "그러나 나는 죽을 것이다. 바로 그래서 나는 나의 마지막을 노래한다. 어떤 사람의 노래는 더 길고, 어떤 사람의 노래는 더 짧다. 그러나 그 차이는 한두 마디 말에 불과하다."

그러나 마지막 말은 조지프 콘래드에게 남겨두자. "하마터면 마지막 말을 내뱉을 기회를 가질 뻔했는데, 부끄럽게도 나는 할 말이 아무것도 없으리라는 걸 확인했다."[166]

---

166)《암흑 한가운데에서》,《콘래드 작품집》3권, 갈리마르 플레야드 총서, 1985년.

사
랑
받
기 위
해

글쓰기가 살아가는 이유가 될까? 좀 더 겸허한 방식으로, 좀 더 낮은 어조로, 그저 글을 쓰려는 욕구에 대해 말하며 이 문제에 다가가는 편이 좋을 것 같다. 그런 욕구는 어떻게 생겨나고 어떻게 뿌리를 내릴까?

우선 우리의 학교 교육, 우리의 문명—적어도 이 문명이 심각한 변화 혹은 붕괴를 겪기 전인 수년 전의 문명—이 문학과 작가들에게 특출한 가치를 부여한다는 사실이 있다. 그래서 아이들은—아이들은 원숭이와 같다—교과서에서 시를 읽을 수 있기 때문에 시 쓰는 것을 자연스럽게 여긴다. 사르트르는《문학이란 무엇인가?》[167]에서 이런 상황을 묘사했다. "우리는 첫 소설을 읽기 한참 전부터 문학을 활용해왔다. 정원에서 나무가 자라듯, 문명사회에서 책이 자라나는 것이 우리에게는 자연스러워 보였다. 우리는 라신과 베를렌을 너무 사랑한 나머지 열네 살 때 저녁 자습 시간에 또는 고등학교 운동장에서 자신의 작가적 소명을 발견했다."

《덧없는 인간과 문학》[168]에서 앙드레 말로는 도서관 없이는 소설가도 없다고 주장한다. 이 말은 이전 사람들이 쓴 글에 젖어 있어야 글을 쓸 수 있으며, 모든 책은 앞선 책들과 이후의 책들을 고려한다는 의미이다.

발레리 라르보는 한층 더 멀리 나아간다. "한 작가의 전기의 핵심은 그가 읽은 책들의 목록에 있다."

그리고 화가의 전기는 그가 본 그림들의 목록에 있다.

프랑스 작가는 항상 자신을 창작자보다는 계승자로 본다. 다른 나라들, 이를테면 아메리카에서는 창작한다는 감정이 우세하다.

우리 안에 표현하고 싶은 뭔가가 존재하더라도, 우리는 여전히 하나의 형태를, 요컨대 하나의 모델을 찾아야 한다.

카뮈는 자신의 초창기 이야기를 한 바 있다. 그는 고등학교에서 고전들을 공부했다. 그리고 그에게는 괴짜 삼촌이 있었는데, 직업이 푸주한이지만 문학적 소양이 높았던 그 삼촌이 그에게

---

167) 폴리오 에세이, 갈리마르, 1948년, 206쪽.
168) 갈리마르, 1977년.

지드를 읽게 했다. 청소년이었던 카뮈에게는 모든 것이 경이롭고 흥미로워 보였으나 감동을 주지는 않았다. 그와는 상관없는 일이었던 것이다. 그러던 어느 날, 그는 우연히 앙드레 드 리쇼의 소설 《고통》을 읽게 된다.

카뮈는 이렇게 썼다. "나는 앙드레 드 리쇼를 알지 못한다. 그러나 그의 아름다운 책은 결코 잊지 못한다. 내가 알고 있던 것, 어머니, 가난, 아름다운 저녁 하늘 등에 대해 나에게 처음으로 말해준 책이었기 때문이다. 그 책은 칙칙한 선들로 얽힌 내 마음속 매듭을 풀어주었고, 뭐라고 불러야 할지 모른 채 속박을 느꼈던 족쇄들로부터 나를 해방해주었다. 나는 그 책을 하룻밤 만에 읽었고, 낯설고 새로운 자유를 품고 깨어나 낯선 땅 위를 머뭇거리며 나아갔다. 그때 나는 책들이 그저 망각과 기분전환만 제공하는 것이 아니라는 사실을 깨달았다. 그러니까 나의 집요한 침묵, 막연하지만 당당한 고통, 나를 둘러싼 야릇한 세상, 내 가족의 고결함, 그들의 가난, 그리고 나의 비밀들이, 이 모든 것이 이야기될 수 있는 것이었다! 해방이, 진실의 명령이 있었다. 그러자 이를테면 가난이 문득 진짜 얼굴을 드러냈다. 내가 의심하고 남몰래 꿈꿨던 얼굴을. 《고통》은 나로 하여금 창작의 세계를 얼핏 들여다보게 해주었다…." [169]

---

169) 《카뮈 전집》 3권, 갈리마르 플레야드 총서, 2008년, 881쪽.

《고통》이 수준 높은 작품이 아니라고는 말하지 않겠다. 중요한 것은 그 작품이 젊은 독자에게 말을 걸었다는 점이다. 누군가의 소명을 촉발하는 문학작품이 반드시 걸작일 필요는 없다.

'문학도'

초등학교나 고등학교 때 나는 글을 거의 쓰지 않았다. 글을 쓰고 싶은 욕구를 안겨준 책도 떠오르지 않는다. 더구나 나는 프랑스어를 썩 잘하지 못했다. 내가 잘하는 과목은 라틴어였다. 그런데도 내 가족과 주변 사람들은 나를 문학도로 분류해버렸다. 기이하게도 우리는 종종 아무것도 하지 않고 그런 식으로 딱지가 붙곤 한다. 아마도 내가 책을 많이 읽었기 때문일 것이다. 항상 양탄자에 배를 간 채 책에 코를 박고 있는 나를 보고 걱정하던 어머니가 나를 보르도로 데려가 저명한 의과대학 교수를 만나게 했다. (우리는 포에 살고 있었고, 보르도는 그 지역의 중심도시였다.) 어머니는 그 많은 독서가 내 머릿속 장치를 고장나게 하지는 않을지 걱정했다. 교수는 한참 웃었지만, 어쨌든 어머니의 걱정이 전혀 터무니없는 것은 아니었다. 기사소설을 지나치게 많이 읽은 돈키호테에게 어떤 일이 일어났는지 우리는 잘 알지 않는가. 어쨌든 그런 평판이 나를 따라다녔고, 글을 쓸 일이 있을 때면 사람들은 나를 찾았다. 부모님이 포에서 구매한 재앙 수준의 영화 프로그램, 클레르몽페랑의 대학 신문 등. 그런 일에서 은퇴하고 1940년 마르세유에서 입영한 뒤로도 대중 작가 행세를 하며 비외포르의 카페에서 창녀들을 위해 편지를 쓰기도 했다. 호인이지만 너무 감상적이었던 나의 부관은 〈마리 클레르〉의 연애상담란에 자신의 번뇌를 토로하기 위해 나에게 도움을 청했다. "제 아내와 딸은 점령지역에 남아 있습니다. 저는 가족을 제 곁으로 데려오려고 온갖 시도를 했습니다. 때로는 굴욕적인 교섭도 했지요. 결국 해냈습니다. 이제 두 사람은 제 곁에 있습니다. 하지만 저는 자유를 잃었습니다. 제가 어떻게 해야 할까요, 도대체 어떻게 해야 할까요?" 파리가 해방된 직후, 나는 사람들 말로는 "레지스탕스에서 생겨났다"는 작은 신문들 쪽으로 갔다. 그리고 기자가 되었다. 요컨대 나는 언제나 서기書記였던 셈이다.

얼마 지나지 않아 나는 〈콩바〉 지에서 일하게 되었다. 소명을 일깨우는 데 그보다 나은 일이 없었다. 〈콩바〉에서는 모두가 책을 썼고, 쓰고 있고, 앞으로도 쓸 예정이었다. 이 일간지는 NRF[170]의 지부 격이었다. 편집장은 알베르 카뮈였다. 그러나 더욱 상징적인 사실이 있었으니, 사장이 파스칼 피아였다. 다시 말해 수준 높은 작가였다. 그는 천재적인 재능에, 월등한 자질까지 갖추고 있

---

170) 〈신 프랑스 평론La Nouvelle Revue Française〉. 1909년 앙드레 지드를 중심으로 하여 창간된 20세기 프랑스의 대표적 월간지.

었다. 출판을 거부하고 침묵을 선택했다는 자질 말이다.

나는 기자로서 많은 소송에 참석했기에 다른 사람들처럼 할 수 있는지 알기 위해 사법기관의 작용에 관한 짧은 에세이를 썼다. 사르트르와 메를로퐁티가 그 에세이를 발췌해서 〈레 탕 모데른〉에 실었고, 카뮈는 '희망' 총서로 출간했다. 이 총서 제목을 놓고 우리는 농담을 주고받았다. 왜냐하면 이 총서로 출간된 첫 책들이 비올레트 르뒥의 《질식》, 콜레트 오드리의 《우리는 지는 게임을 한다》, 자크 로랑 보스트의 《최후의 직업》, 장 다니엘의 《오류》, 에밀 시몽의 《비극적 형이상학》이었고, 내 책 《피고의 역할》이 포함되었기 때문이다.

내 원고를 받으면서 카뮈는 그 시절 시행되던 표준 계약서를 나에게 주었다. 책 열 권을 출간하기로 계약했다. 그때 막 출간된 책까지 합치면 열한 권이었다. 나는 다시는 글을 쓰지 않으리라 생각하고 이죽거리며 서명을 했다. 그 후 오기가 발동해, 내가 소설도 쓸 수 있는지 알고 싶어서 장편소설 한 편을 썼다. 그리고 단편소설들도 썼다. 그러다 보니 글 쓰는 일이 습관이 되어버렸다. 아니면 편집증이 되었거나. 매일 조금씩 더 빠져들어, 마침내는 다른 활동, 다른 소일거리는 맛볼 수도 없게 되어버렸다. 심지어 글을 쓰지 않을 때는 죄책감을 느끼는 지경에 이르렀다. 이것이 살아갈 이유가 될까? 일이 잘 안 풀리고 달리 아무것도 남아 있지 않은 순간에는 어쩌면 그런지도 모른다. 그러나 나는 오히려 글쓰기가 내게는 살아가는 방식이 되었다고 말하고 싶다. 물론 글을 쓰건 쓰지 않건 결과는 같다고 생각할 수도 있다. 그저 크게 중요성을 부여하지 않고, 파스칼 식 의미의 소일거리를 찾은 셈 치자.

《갈매기》에서 저명한 작가 트리고린은 불평하는 척한다. "이야기 하나를 막 끝내자마자 왠지 모르지만 나는 다른 이야기를 시작해야 합니다. 그리고 세 번째, 네 번째 이야기를 시작하죠…. 황급히 달려가듯 쉬지 않고 글을 씁니다. 달리 어쩔 도리가 없어요."[171]

글을 쓰려는 욕구

갈리마르 같은 출판사는 일 년에 원고를 만 편 가까이 받는다. 이 사실은 얼마나 많은 사람들이 글 쓰려는 욕구를 느끼는지 말해준다. 이유가 뭘까? 조금 전 나는 그다지 자신 없이 내 원고를 넘겼다. 젊은 시절 루이 아라공과 앙드레 브르통, 필리프 수포는 1921년에 반어법으로 〈문학〉이라고 이름 붙인 잡지에서 앙케트를 실시했다. "왜 글을 쓰십니까?" 그러자 도발적이거나 평범하거나 무의미한 대답들이 나왔다.

---

171) 《체호프 작품집》 1권, 갈리마르 플레야드 총서, 1968년, 318쪽.

조금 더 고전적으로, J. B. 퐁탈리스는 〈문학의 순간〉[172]이라는 잡지와의 대담에서 주요 동기들을 언급한다. "프로이트의 말에 따르면 사랑받기 위해, 모파상의 말에 따르면 여자들 사이에서 인기를 얻기 위해, (…) 발레리를 좋아해서." 그러나 이것은 별로 믿을 만한 말이 못 된다. 사뮈엘 베케트의 답변은 결정적이다. "잘하는 것이 그것밖에 없어서…."

몽테뉴는 글을 쓰도록 그를 이끈 것은 고독이라고 주장한다. "우울한 기분 때문이다. 내가 몇 년 전 빠져든 고독의 슬픔에서 생겨난, 나의 타고난 기질과는 상반되는 기분이 처음으로 글 쓰는 일을 하겠다는 황당무계한 생각을 내 머릿속에 집어넣었다."[173]

로랑 가스파르는 말한다. "무엇보다 자기 자신을 위해 글을 쓰는 사람들이 있는 것 같다. 그 일이 숨 쉬는 것을 더 편안하게 해주기 때문에."[174]

카프카도 글 쓰는 것을 거의 생리적 욕구처럼 느낀다. "문학창작 쪽으로 끌리는 본성이 가장 생산적임이 내 신체조직 속에서 확고해지자 모든 것이 그 방향으로 쏠려, 성적 쾌락과 먹고 마시는 즐거움, 철학적 성찰, 그리고 무엇보다 음악 쪽 재능의 일부가

---

172) 〈레 모망 리테레르〉, 19호, 2008년, 34쪽.
173) 《에세이》 2권, 갈리마르 플레야드 총서, 2007년, 8, 403쪽.
174) 《말을 공략》, 갈리마르, 2004년, 182쪽.

무력해졌다. 그 모든 쪽에서 나는 빈약해졌다."

포크너에게는 글 쓰는 일이 설명되지 않고 논의할 것도 없는 당위처럼 제시된다. "무엇보다 중요한 것은 작가가 악마의 부추김에 이끌려 글을 쓴다는 점이다. 그는 글을 쓸 수밖에 없는데, 왜 그런지는 알지 못한다. 때로는 글을 쓰기 싫지만 쓸 수밖에 없는 경우도 있다."[175]

포크너는 인터뷰를 싫어했는데, 한 기자에게 이렇게 대답했다. "뭐, 늘 술만 마실 수는 없잖아요. 늘 먹기만 할 수도 없고, 정사만 나눌 수도 없고 말입니다. 달리 할 일이 뭐 있겠어요?"

그리고 사르트르는 이렇게 말했다. "나는 글을 써야만 합니다. 다시는 글을 쓰지 않겠다는 말을 하려고 글을 씁니다."[176]

루이 기유의 말로는, "우리는 모두 우리의 감방 벽에 글을 쓴다."[177]

달리 말해 모든 인간은 자기의 고독 속에 갇혀 있다. 글 쓰는 것이 거기서 탈출하는 유일한 길이다. 물론 혼자 있고 싶어서, 백지를 마주하고 자기 자신과의 시간을 향유하기 위해서 글을 쓸 수도 있다. 그러나 대개 우리가 글을 쓰는 건 지나치게 혼자여서다.

모방으로 글을 쓰는 사람들도 있다. 뭔가를 증언하려는 사람

---

175) 《포크너의 대학 강연》, 갈리마르, 1964년, 31쪽.
176) 《말, 그리고 그 밖의 자전적 글》, 갈리마르 플레야드 총서, 2010년, 1266쪽.
177) 도미니크 롤랭이 인용한 말.

들, 소통의 필요를 느끼는 사람들, 자신의 진실을 부르짖을 욕구를 느끼는 사람들, 거짓을 지어낼 욕구를 느끼는 사람들, 신들린 무당처럼 글을 쓰는 사람들이 있다. 정신분석학자 마리온 밀너는《나만의 삶》[178]에서 조금은 천진하게, 행복의 도래를 좌지우지하는 조건과 관련된 규칙들을 발견할 수 있을지 알기 위해 자신의 삶에 대해 쓴다고 주장했다.

노벨문학상 수상자 오르한 파묵은 2006년 스톡홀름 연설에서 이 문제를 돌아본다. "내가 글을 쓰는 이유는 쓰고 싶기 때문입니다. 다른 사람들처럼 정상적인 노동을 할 수 없기에 글을 씁니다. 내 책 같은 책들이 쓰이고, 내가 그것들을 읽을 수 있기 위해 글을 씁니다. 나는 여러분 모두에게, 온 세상 사람들에게 무척 화가 나서 글을 씁니다. 내가 글을 쓰는 이유는 온종일 방 안에 갇혀 있는 것이 좋기 때문입니다. 현실을 바꾸지 않고는 현실을 견디지 못하기 때문에 글을 씁니다. 나는 우리가 어떤 유형의 삶을 살아왔는지, 터키의 이스탄불에서는 모두가 어떤 삶을 살고 있는지를 온 세상에 알리기 위해 글을 씁니다. 나는 종이와 잉크 냄새가 좋아서 글을 씁니다. 그리고 무엇보다 문학을, 소설 예술을 믿기에 글을 씁니다. 습관이자 열정이기에 글을 쓰고, 잊히는 것이 겁이 나서 글을 씁니다. 명성과 명성이 가져다주는 관심이

---

178) 갈리마르 '무의식의 앎' 총서, 1988년.

좋아서 글을 씁니다. 그리고 혼자 있기 위해 글을 씁니다….”

글을 쓰려는 욕구에 격분해서 반대한 사람은 오직 성마른 토마스 베른하르트뿐이다. 1962년, 그는 막 《서리》를 출간했다. 호평과 악평이 눈사태처럼 쏟아지자 그는 더이상 견디지 못했다. “모든 희망을 문학에 실은 나의 잘못이 나를 숨 막히게 하리라 확신했었다. 나는 문학에 대한 말을 듣고 싶지 않았다. 문학은 나를 행복하게 만들어주지 못했다. 오히려 나는 숨 막히는 진흙탕 속에 내던져졌고, 거기서 더이상 벗어날 수가 없다….”[179]

그래서 그는 빈에서 맥주를 배달하는 운전수로 취직한다. 분노가 대체 불가능한 토마스 베른하르트의 유머를 열 배로 불린다.

장 폴랑은 “어떤 작가는 자신을 사제로 생각하고, 어떤 작가는 정치가로 생각하고, 또 어떤 작가는 장군으로 생각한다”고 말했다. 실제로 이따금 한 편의 작품이 세상의 흐름을 바꾸기도 한다. 프리모 레비는 그 예로 히틀러를 꼽는다. 히틀러는 《나의 투쟁》을 쓰는 것에 만족하지 않았다. 말에 그치지 않고, 책에서 구상한 세상을 그대로 만들고 싶어 했다. 그러나 결국 세상을 파괴했을 뿐이다.

그런데 이 문제에 대한 나의 생각은 조금 다르다. 나는 역사 속에 흔적을 남길 정도로 활동한 거물 정치인들은 문인이 되려다

---

179) 《나의 문학상들》, 갈리마르, 2010년, 41쪽.

실패한 사람들이라고 생각한다. 예를 들어 《보케르의 야식》[180]의 저자와 《적의 불화》[181]의 저자가 그렇다.

다니엘 페나크의 표현에 따르면, 어떤 이들은 글을 쓰기 위해 쓰는 것이 아니라, 글을 쓴 사람이 되기 위해 쓴다. 이 말은 작가라는 지위를 얻기 위해 대필 작가를 두는 사람들의 기이한 행동을 설명해준다. 그래서 정치·학문·사업에서 눈부신 성공을 거둔 사람들이 또 다른 인정을 받기 위해, 소설 저자라는 인정을 받기 위해 무진 애를 쓰는 것이다. 문학이 아무리 평가절하되었다 해도 그들의 눈에는 지고의 가치가 있는 모양이다.

앞에서 인용한 《갈매기》에서 한 인물은 이렇게 털어놓는다. "따지고 보면, 시시한 작가라 하더라도 결코 불쾌한 일은 아니다."[182]

파나이트 이스트라티, 프랑스어로 글을 썼고, 두 번의 전쟁 사이에 펴낸 작품들로 성공을 거둔 루마니아 출신의 이 떠돌이 작가는 감탄하지 않을 수 없는 관점을 가졌다. 그는 쓸 책이 몇 권 남았다고 생각했다. 그것들을 다 쓰고 나면 다시 떠돌아다닐 계획이었다. "그렇게 나는 멋진 모범을 보일 겁니다. 우리가 자기 안에 품은 최고의 것을 해방하되, 그 해방을 습관이나 직업으로

---

180) 나폴레옹 보나파르트가 젊은 시절에 쓴 책―옮긴이.
181) 샤를 드골이 쓴 책―옮긴이.
182) 앞의 책, 298쪽.

삼지 않는 거죠."

1935년 그가 병에 걸려 50세 나이로 일찍 세상을 떠난 바람에, 우리는 그가 그 멋진 계획을 이루었는지 알지 못한다.

종교가 없어서

오직 글 쓰는 일만이 중요해서 글을 쓰는 사람들이 있다. 이를테면 헨리 제임스가 그렇다. 스콧 피츠제럴드는 제임스가 당대의 가장 위대한 작가라고, 당대의 가장 위대한 인간이라고 생각했다(그는 이 표현을 포드 매덕스 포드에게서 발견했다). 피츠제럴드 자신도 생애 말엽에는 이미 잊힌 작가였고 더이상 글을 쓰지 못하는 상태였지만 자신을 이런 말로 소개했다. "작가 스콧 피츠제럴드입니다."

로베르트 무질은 힘주어 단언한다. "나는 제국을 다스리는 것보다 책 쓰는 일을 더 중요하게 여긴다. 또한 더 어렵다고 생각한다."[183]

피에르 루이스는 문학을 너무도 숭상해, 주문 받아 책을 쓰고 심지어 돈을 벌기 위해 책을 쓸 수도 있다는 생각에 아연실색했다. 그런 생각이 결국 그를 문학 불능 상태에 빠뜨리고 말았다.

---

183) 《자서전을 위한 초고》, 〈레트르 누벨〉, 54호, 1957년 11월, 533쪽.

여자들을 좋아했던 그가 여자들을 단념하고 은둔생활까지 하게 된다. 밤마다 읽고, 연구하고, 글을 쓰려고 애쓰느라 점점 비참해진다. 그와 이혼한 아내 루이즈, 그가 정말 사랑했던 마리 드 레니에(루이즈의 언니), 저항할 수 없을 만큼 매혹적인 베르베르, 조라 벤 브라힘 등 여자들은 문학이 그의 진짜 아내가 되었다는 사실을 이해하지 못한다.

장 폴랑은 훨씬 더 멀리까지 나아간다. "내가 문학을 어떻게 생각하느냐고? 대략 이렇게 생각한다. 우리가 이 땅에 존재하는 것은 본질을 알고 스스로를 구원하기 위해서다. 종교가 부재하는 마당에 내가 보기에는 문학이 유일한 길로 남았다…(하지만 이 말에는 자세한 설명이 요구될 것이다)."

캐서린 맨스필드의 의견도 마찬가지이다. "나에게 문학은 종교를 대신한다. 문학이 나의 종교이기 때문이다. 동행의 종교이다. 나의 동반자들을 만들어내니까. 삶의 종교이다. 문학이 바로 삶이니까. 나는 내 작업 앞에 무릎을 꿇고, 머리를 조아리고, 창작이라는 생각 앞에 신들린 상태로 아주 오래도록 머물고 싶은 마음이 든다."[184]

조지프 콘래드도 이런 말로 그런 감정에 공감한다. "나는 내가 쓴 어떤 페이지에건 존경을 표하고 싶다."[185]

---

184) 《일기》, 갈리마르 폴리오 1505번, 276쪽.

사르트르는 《말》에서 이렇게 말했다. "내가 보기에 책보다 중요한 것은 아무것도 없다. 나는 도서관에서 사원을 보았다."[186]

빅트로 위고와 낭만주의자들은 이미 자신들을 사제처럼 생각했다. 그리고 말라르메는 이렇게 선언했다. "이 세상이 생겨난 건 아름다운 책 한 권에 이르기 위해서다."[187]

로제 브리니는 글을 쓰지 않는 다른 사람들이 어떻게 살아갈 수 있는지 자문한다. "나는 거의 그들이 사는 게 아니라고 믿을 지경이었다. 누군가 나에게 '신은 존재하지 않는다. 그래서 세상이 아주 작아졌다'고 말했다면 똑같이 아찔했을 것이다. 글쓰기는 신이었다. 문학은 존재하지 않는다. 그래서 지구는 돌멩이만큼 아주 작아졌다."[188]

문학과 종교의 관계는 확실하다. 많은 사람들이 글쓰기에서 창조를, 다시 말해 살아남는 방식을, 영원의 약속을 보기 때문이다. 그럼에도 문학에 생존의 희망을 두는 것은 종교에 의지하는 것만큼이나 무모한 도박처럼 보인다. 사람들의 마음과 기억 속에 남는 작가는 몇몇뿐인데 반해, 얼마나 많은 작가들이 마치 한 줄의 글도 쓴 적이 없는 것처럼 사라지는가! 이것이 가장 개연성

---

185) 《불안》서문, 갈리마르 플레야드 총서, 1982년, 650쪽.
186) 갈리마르 플레야드 총서, 2010년, 31쪽.
187) 《말라르메 전집》 2권, 갈리마르 플레야드 총서, 2003년, 702쪽.
188) 《글을 쓰려는 욕구》, 그라세, 1990년, 48쪽.

있는 운명이다. 종이도 먼지로 돌아간다. 요즘엔 망각이 점점 더 빨리 찾아온다. 예전 사람들은 작가들이 죽고 나서 머무는 연옥에 대해 이야기하곤 했다. 연옥은 일시적 망각을, 무관심을 의미했고, 또한 언젠가 어둠에서 빠져나갈 약속을 의미했다. 하지만 이제 그런 경우는 참으로 드물다.

그럼에도 일부 작가들은 죽음 후에 보상이 주어질 거라는 생각을 위로로 삼는다. 말년에 이르러 스콧 피츠제럴드는 죽음 때문에 결국 마치지 못한 작품인 《최후의 대군》 집필을 준비하면서 이렇게 썼다. "나는 거트루드 스타인이 '박물관용으로 만들어졌다'고 말한 어니스트 같은 동시대 작가들에게 이해받으려고 애쓰지 않는다. 나는 그보다 한참 앞섰기에 건강만 유지된다면 작으나마 불후의 명성을 얻으리라 확신한다."

삶도 경력도 참으로 짧은 알베르틴 사라쟁은 자신이 죽어도 사람들이 계속 서점에서 자신의 책을 찾을 거라는 생각이 글을 쓰는 주된 동기라고 단언했다. 그녀는 요절했다. 그런데 요즘 누가 《도주》나 《복사뼈》[189]를 사기 위해 서점에 가겠는가? 가련한 알베르틴은 모두의 운명대로 완전히 죽었다.

작품의 존속이 거의 혹은 전혀 보장되지 않으므로, 우리는 글을 쓰건 쓰지 않건 그다지 중요하지 않다고 생각할 수밖에 없다.

---

189) 알베르틴 사라쟁의 소설—옮긴이.

각자 자기 인생을 마음대로 처분할 수 있다. 결국엔 모두가 예외 없이 똑같은 무無 속에 떨어지니 말이다. 카뮈의 경우, "창조를 하건 하지 않건 달라지는 것은 아무것도 없다. 부조리한 창작자는 자기 작품에 집착하지 않는다. 작품을 포기할 수도 있다. 때로는 포기하기도 한다. 아비시니아만 있으면 족하다."[190]

아비시니아는 물론 랭보를 떠올리게 한다.[191] 그러나 내 생각엔 카뮈가 나도 잘 알았고 우리가 사랑했던 한 사람을 염두에 두고 이 말을 한 것 같다. 파스칼 피아는 침묵을 택했다. 비록 그가 글쓰기를 거부하긴 했지만, 혹은 적어도 출간을 거부했지만, 그래도 그에게 문학은 그를 삶과 묶어주는 것이었다. 그는 친구 페르낭 플뢰레의 시 몇 구절을 암송하는 것으로 만족했고, 그러고는 시인 뤼트뵈프처럼 이렇게 말했다. "이것이 나의 축제라네."

글쓰기로 이끌린 이들 중에는 삶에 만족하지 못한 사람들이 무척 많다. 그들은 잉크병 속에 자기 슬픔을 빠뜨린다. 문학은 일종의 보상 활동이다. 파베즈는 말한다. "문학은 삶의 모욕에 맞서는 방어 행위이다."[192]

글 쓰는 일은 나머지를 위로해준다. 무슨 나머지? 나머지.

프로이트도 문학을, 더 일반적으로는 예술을 보상 활동으로

---

190) 《카뮈 전집》 1권, 갈리마르 플레야드 총서, 2006년, 286쪽.
191) 시인 랭보는 19세에 글을 접고 아비시니아로 떠났다──옮긴이.
192) 《산다는 일》, 갈리마르, 1958년, 113쪽.

생각한다. 그것은 현실에서 만족을 찾기를 포기하는 욕구의 표현이다. 예술은 가공의 사물로 예술가가 도달하지 못하는 현실의 사물을 대체한다.

오스트리아의 엘리자베스 황후는 울적한 기분으로 온 세상을 쏘다니는 것에 만족하지 않았다. 그녀가 자기 꿈에 다가서는 유일한 순간은 하이네를 모방한 시를 쓸 때였다. 형편없는 시였지만, 그런 건 중요하지 않았다. 그 시들 속에서 그녀는 진정으로 자기 자신이었다. 휴식을 찾지 못하는 겁에 질린 갈매기 같은 모습이었다.

카뮈가 주장하는 것과는 달리, 글 쓰는 일은 우리를 부조리로부터 구원할 수 있다. 젊은 플로베르는 그 시대의 많은 청년들처럼 맹렬한 낭만주의자였다. 부르주아 왕 치하에서 청춘기를 살기란 쉽지 않은 일이다. 플로베르는 동료 둘을 인용한다. 한 사람은 실존에 대한 환멸로 권총으로 자기 머리를 쏘았고, 다른 한 사람은 넥타이로 목을 맸다. 플로베르 역시 절망했지만 자살하지는 않았다. 그는 글을 썼다. 삶에 대한 환멸을, 인간과 세상에 대한 혐오를 종이 위에 털어놓았다.

무질의 어떤 인물처럼 작가는 종종 "이해받지 못한 사람의 고통과 의기意氣"를 느낀다. 그래서 그는 자신과 흡사한 인물들, 패배한 사람들, 상처 입은 사람들이 위로를 찾는 세상을 만들어내기를 좋아한다. 모두에게 조롱 받는 바냐 아저씨들이 우리의 마음을 얻는 세상을.

여기서, 우리가 글을 쓰는 이유는 머릿속이 편치 않고 자기 자신이 만족스럽지 않기 때문이라는 의심이 나온다. 말하자면 우리가 조금씩은 비정상이라는 것이다. 클로드 루아는 이렇게 지적한다. "문학은 그리스에서는 맹인이었던 호메로스와 더불어, 중국에서는 자살을 했으니 어느 정도 신경쇠약 환자였던 것으로 보이는 굴원과 더불어 시작되었다. 최초의 위대한 라틴 시인 루크레티우스도 숭고한 성불능자 키르케고르만큼이나 불안에 사로잡힌 인물이었다. 비범한 곱추 레오파르디만큼 우울했고, 전신마비 환자였던 천재 보들레르만큼이나 절망에 빠진 인물이었다."

내면의 대중

작가의 역설은 고독 속에서도 대중을 상상해야 작업을 할 수 있다는 데 있다. 대중은 글의 내용만이 아니라 형태에도 영향을 미친다. 사르트르는 《문학이란 무엇인가?》에서 이렇게 설명한다. "대중과 신화 없이는 글을 쓸 수 없다─역사적 상황이 만들어낸 일정한 대중 없이는, 매우 방대한 범위에서 그 대중의 요구에 의존한 문학의 신화 없이는."[193]

---

193) 《앞의 책》, 184쪽.

폴 발레리는 훨씬 더 조롱조로 말한다. "누구의 기분을 풀어주고 싶은 겁니까?—누구를 유혹하고, 누구와 필적하고, 누구의 부러움을 사고, 누구의 머리를 생각에 잠기게 하고, 누구의 밤을 사로잡으려는 겁니까? 작가여, 말해보시오. 당신이 섬기는 신이 맘몬이오? 데모스였소? 카이사르요? 혹시 비너스요? 아니면 이들 모두요?"

그는 무뚝뚝한 어조로 문학의 유혹에 저항한다. "나는 작가가 내 일에 끼어드는 걸 좋아하지 않습니다…."[194]

적어도 우리는 우리 자신의 분신인 가상의 독자를 위해 글을 쓴다. 미셸 드 뮈장은 그 독자를 '내면의 대중'이라고 부른다.

사랑받기 위해

롤랑 바르트는 1850년경 작가는 보편적인 것의 증인이 되길 그만두고 불행한 의식意識이 되었다고 생각한다. 그는 주장한다. "우리는 사랑받기 위해 글을 쓴다." 그리고 덧붙인다. "우리는 사랑받지 못한 채 읽힌다."

사랑받기 위해… 그것도 종종 명백히 당신에게, 이해를 거부한 남자 또는 여자에게 사랑받기 위해서다. 장 루도는《우리에게

---

194)《작가수첩》2권, 갈리마르 플레야드 총서, 1974년, 1227쪽.

돌아오는 것》이라는 제목의 에세이에서 보들레르와 카프카와 관련해 그런 생각을 확인한다. "저자와 저자를 둘러싼 존재들을 이어주는 관계를 밝힐 목적으로 쓰인 작품은 그 사실 자체로 단죄된다. 비틀거리는 문장을 결코 이해하지 못할 유일한 사람은 바로 그 문장이 말을 거는 대상이다. 보들레르는 오픽 부인을 설득하려 시도한다. 카프카는 그의 어머니가 그에 대해 '거짓되고 유치한' 이미지를 품은 것에 괴로워한다. 가족관계를 밝혀주고 글을 쓰는 자신의 외로운 노력을 정당화해주길 기대하고 카프카가 아버지에게 보내는 편지는 수취인에게 전달되지 못한다. 그가 부모에게 자기 글을 읽어주는 것도 언제나 실패로 끝난다. "아버지는 내 글을 들으며 늘 더없이 혐오감을 드러낸다."[195)]

체호프의 《갈매기》에서 자기도취가 심한 여배우 아르카디나에게는 작가지만 대체로 어머니 덕분에 알려진 아들이 있는데, 극중에서 이 여배우는 놀랄 만큼 잔인한 대사를 내뱉는다. "아들 책은 아직 하나도 읽어보지 못했어요. 도무지 시간이 안 나네요."

출간하기

글 쓰는 것이 사는 이유라고 일단 인정하자. 그렇다 해도 당

---

195) 갈리마르, 1957년.《시골의 혼례 준비》, 리마지네르 158.

신이 쓴 것, 당신의 지성과 감성, 당신의 예술적 취향은 다른 누군가가, 즉 편집자가 인쇄될 만하다고 판단할 때만 존재하고 구체화될 것이다. 그러나 인쇄될 만하다고 판단하는 것은 이례적인 경우이다. 매년 거부당하는 수천 편의 원고를 생각해보라. 그 원고들의 대부분은 단도직입적으로 거절당한다. 거절 문구가 이미 만들어져 컴퓨터 속에 준비되어 있으며, 심지어 옛날 길거리에서 팔던 노래처럼 남자용 문구와 여자용 문구가 따로 준비되어 있다. 눈사태처럼 쏟아지는 원고들을 생각하면 달리 방법이 없다. 그럼에도 원고들을 존중해야 한다. 좋은 원고건 나쁜 원고건, 막대한 작업량은 말하지 않더라도, 저자에게는 똑같이 애정을 쏟은 작품이기 때문이다.

책을 이미 출간한 작가들에 한정해보자. 내가 아는 여러 작가에게 다음과 같은 재앙이 닥쳤다. 그들의 책은 출간이 되었지만 성공을 거두지는 못했다. 그들의 책은 물리적 실존을 갖췄고, 몇몇 비평가와 독자들을 만났다. 그러던 어느 날, 편집자가 그들에게 말했다. "정말이지 당신은 발전이 없군요. 처음엔 당신에게 희망을 걸었지만 더이상은 믿지 못하겠습니다. 여기서 그만둡시다." 마치 그들에겐 죽는 일만 남은 것처럼 말한 것이다. 아니면 그들이 결코 더는 정사情事를 하지 못할 것처럼.

출판의 필요성에 반대해 격노한 플로베르의 저주에 대해 회의를 품을 수도 있다. 1859년 1월 11일, 그는 친구 에르네스트 페도에게 이렇게 쓴다. "활자가 자네의 코에 악취를 풍기기 시작한 걸 보고 나는 기뻤네. 내가 보기에 그것은 인류의 발명품 가운데 가장 더러운 것이네. 나는 서른다섯 살까지 그것에 버텼네. 그리고 열한 번째 책부터 괴발개발 썼네. 책은 본질적으로 유기적인 것이고 우리의 일부라네. 우리는 뱃속에서 내장을 조금 뜯어내어, 그걸 부르주아들에게 바치는 것이지. 우리의 심장이 방울방울 떨어지는 걸 우리가 쓴 글자들에서 볼 수 있어. 그러나 일단 인쇄되고 나면 끝이네. 그건 모두의 것이 되지! 군중이 우리 몸을 짓밟고 지나가는 거야! 그건 최고 수준의 매춘이고, 가장 추악한 매춘이야! 하지만 그건 매우 아름다운 일이고, 10프랑에 엉덩이를 빌려주는 건 파렴치한 일로 인정되지. 아멘!"[196]

1859년 5월 15일, 그는 에르네스트 페도에게 이렇게 덧붙인다. "문인들이 자기 글이 인쇄되고, 무대에 올려지고, 알려지고, 찬양받는 모습을 보고 싶어 안달하는 것이 나에게는 마치 광기처럼 경이롭네. 내 눈엔 그것이 도미노 게임이나 정치만큼 그들의 일과 관련 있는 것처럼 보여."[197]

1862년 1월 2일, 그는 또다시 친구에게 털어놓는다. "활자가 내 코앞에서 얼마나 악취를 풍기는지, 활자 앞에만 서면 늘 흠칫

---

196) 《서간집》 3권, 갈리마르 플레야드 총서, 1991년, 5쪽.
197) 같은 책, 22쪽.

물러서네. 보바리를 끝내고도 여섯 달이나 방치해두었지. 소송에서 이겼을 때도 내 어머니와 부이예가 없었더라면 나는 그것으로 만족하고 책으로 출간하지 않았을 걸세. 작품 하나가 끝나면 다른 작품을 쓸 생각을 해야 하지. 나는 막 만들어진 작품에 대해서는 절대적으로 무관심해져서, 만약 내가 그걸 대중에게 보여준다면 어리석음 때문이거나 '출간해야 한다'는 통념 때문일 뿐 출간의 필요성을 느끼지 못하네. 잘난 척하는 사람처럼 보일 것 같아 내가 생각하는 것을 전부 말하진 않겠네."[198]

플로베르는 자신이 출판사 발행인 미셸 레비를 상대로 했던 흥정을,《살람보》에 관한 생트뵈브의 비평에 영향을 미치려 했던 책략을 잊었다.

출간을 매춘과 동일시하는 것은 이미 스위프트가 표현했던 생각이다. "책상 서랍에 넣어두고 몇몇 친구에게만 보여주는 시는 사람들이 감탄하며 눈독 들이는 처녀와 같다. 그러나 인쇄되어 출간되고 나면 누구나 돈 한 푼으로 가질 수 있는 창녀에 불과하다."

마지막이 가까워졌을 때 플로베르가 던진 외침에 대해 우리는 오래도록 숙고해볼 수 있다. "나는 곧 죽지만 저 빌어먹을 보바리는 살아 있을 거야!"

---

198) 같은 책, 194쪽.

내밀한 일기

작가에게는 즉각적인 고백이, 내밀한 일기가 필요할 때가 있다. 저자의 생전에건 사후에건 출간하기로 결정한 작품과 정말 자기 자신만을 위한 작품을 구분해야 한다. 의심을 품는 것은 언제든 허용되지만.

때로는 작가가 사람들이 그에 대해 갖고 있는 이미지를 수정하거나 뒤집기 위해 일기를 남긴 듯한 느낌을 줄 때도 있다. 호인에다 너그럽고 둥글둥글한 조르주 뒤아멜은 절대적 악의가 실린 페이지들을 남겼다. 그는 그 글에서 무엇보다 동료 쥘 로맹을 맹렬하게 비난했다. 우리는 레몽 크노의 일기를 읽고 그가 신자이며 심지어 편협한 신앙심을 가졌다는 사실을 발견하고 경악했다. 몇 년 동안 그를 만났지만 갈리마르 사에서 작별 인사를 하고 헤어진 뒤 그가 생 토마 다캥 성당에 들러 촛불을 밝혔으리라고는 꿈에도 상상하지 못했다. 그가 일기를 쓰는 사람이었다는 것은 더더욱 알지 못했다. 한 친구는 어느 날 내밀한 일기에 대해 그와 이야기를 나누었는데, 크노는 그 친구가 자신이 일기를 쓴다는 걸 짐작도 하지 못한다는 사실을 일기에 쓰며 흐뭇해했다.

나는 일기 쓰는 편집증을 가진 사람들을 대하면 늘 당혹스럽다. 그들의 일기장에서 내 이야기를 만나게 될까봐 겁이 난다. 실제로 그런 적이 있었다. 그래서 나는 그들 앞에서 더이상 아무

말도 할 수가 없다.

　나는 기분 좋은 사람 장 드노엘을 알고 지냈다. 그는 지드·콕토·막스 자코브·플로랑스 굴드 및 그 밖의 많은 이들의 친구였다. 겸손한 그는 소설도 시도 쓰지 않았다. 그러나 일기에 대해서는 자주 말했다. "나는 대비를 해두었어. 두고 보면 알 걸세." 그는 죽었다. 하지만 그의 일기는 끝내 발견되지 않았다. 나는 누가 그 일기를 빼돌렸다고는 생각하지 않는다. 아마도 그는 폼을 잡아볼 생각에 일기를 쓰는 척했던 모양인데, 나로서는 사실을 밝힐 용기는 없다.

　일기에 관심이 있는 사람이라면 필리프 르죈의 조사와 작업을, 특히 '소중한 노트'[199]라는 제목이 붙은 저작을 읽어봐야 한다.

　일기 쓰기는 대개 존속 욕구의 표출이다. 이것만도 이미 오만한 태도인데, 자신의 편지가 책으로 출간되어 미래 세대에게 읽혀야 마땅하다고 생각하는 사람들에 대해서는 무슨 말을 해야 할까? 나는 그런 사람들을 몇 명 알았다.

　내면 깊은 곳에 가졌던 것을 되찾기 위해, 자기 삶에서 의미를 발견하기 위해 문학이라는 수단을 동원하는 것은 대개 근세에, 다시 말해 발자크 이후에 소설 장르가 발달하면서 비롯된 현상

---

199) 갈리마르 증언 총서, 1989년.

이다. 프루스트에 이르러 소설이 영원에 대한 관념을 대체했다고 주장하는 것은 과장이 아니다. 소설은 운명을 고정하려고 한다. 그래서 비평가 르네 마리 알베레스는 이렇게 쓸 수 있었다. "소설은 죽음의 대체물이다."[200)

그러나 소설은 현실 세계를 찾아내어 고정하지 못한다. 혹은 사실주의를 통해, 정확한 재현을 통해 현실의 등가물을 제공하지 못한다. 소설의 진리는 문체에, 감동에, 움직임에 있다. 중요한 것은 감정이다. 비록 체호프는 "스스로 얼음처럼 차갑다고 느낄 때 글쓰기를 시작해야 한다"고 주장했지만.

좋은 해결책

글쓰기에는 노력이 요구된다. 그것은 노동이다. 아무것도 하지 않는 것이 훨씬 자연스러울 텐데, 왜 우리는 힘들게 글을 쓰려 할까? 글쓰기가 피곤한 노동인 동시에 즐거움이기 때문이다. 단순한 즐거움 이상이다. 글쓰기는 어쩌면 인간이 근본적 불안을 제어하는 유일한 방법인지도 모른다. 제라르 드 네르발은 어린 시절부터 글을 썼다. 그러나 놀라운 것은 그의 조숙함이 아니다. 그가 쓴 글의 소재가 놀랍다. 그는 주로 러시아의 퇴각에

---

200) 《근대소설의 역사》, 알뱅미셸, 1962년, 9쪽.

관한 시를 썼다. 왜일까? 그의 어머니가 1810년 겨울 슐레지엔에서 죽었기 때문이다. 잃어버린 어머니의 이미지가 동부 평원에 자리한 대육군의 야전장을 지배했고, 그의 어머니는 훗날 오렐리아·이지스·마리가 된다. 그 시들은 베레지나 강의 물결과 얼음에서 가까스로 빠져나온 그의 아버지와 자신을 동일시하려는 시도이기도 하다.

카사노바의 지혜

생애 대부분 동안 글쓰기가 삶의 이유가 되지 못했던 사람들도 있다. 그런데 어느 날 갑자기 글쓰기가 살아남을 이유가 된다. 1790년의 카사노바를 상상해보자. 예순다섯 살에 발트슈타인 백작의 사서로, 다시 말해 하인으로 전락한 카사노바. 그는 삶에서 기대할 것이 아무것도 없었다. 회고록을 쓰면서 그동안 살아온 삶을 다시 사는 것 외에는. "예전에 누렸던 기쁨들을 떠올리며 나는 그것들을 새롭게 맛본다. 예전에 참아야 했던, 그러나 이제는 느끼지 못하는 고통을 떠올리고 웃는다."[201]

정말이지 행복한 캐릭터라 하겠다.

과거의 수모와 고통에 대한 기억이 글쓰기의 동력이 되는 경

---

201)《내 삶의 이야기》, 르 클럽 프랑세 뒤 리브르, 1966년, 8쪽.

우는 흔하다. 그러나 그것이 이처럼 웃게 만드는 건 드문 일이다.

달리 무엇을 하겠는가?

자신이 어떻게 작가가 되었으며 글쓰기가 자신의 삶에서 어떤 자리를 차지하는지를 매우 잘, 그리고 매우 길게 설명한 작가가 있다.《말》을 쓴 장 폴 사르트르이다.

사르트르는 어린 시절에는 우선 모방으로 글을 썼다고 말한다. 책을 읽었기 때문이다. 그가 읽은 책들이 뒤마, 제바코 등 영웅적인 모험담들이었기에 그는 영웅이 되고 싶었다. 파르다이앙[202]이 되고 싶었다. 그러나 아홉 살에 자신이 못생기고 허약하다는 사실을 깨닫는다. 영웅이 되지는 못할 것이다. 그렇다면 성자聖者가 될 것이다. 성자라고? 다시 말해 작가가, 독자들을 찾으려고 글을 쓰는 것이 아니라, 인류를 구원하기 위해 글을 쓰는 작가가 될 것이다. 그는 그 일에 대해 판자니 스파게티면 광고처럼 성령과 대화를 나누며 진지하게 의논한다. "성령께서 내게 말씀하셨다. '너는 글을 쓰거라.' 나는 손을 배배 꼬며 말했다. '주님, 제가 무엇을 가졌기에 저를 선택하셨습니까?' '특별한 건 없다.' '그렇다면 왜 저입니까?' '이유는 없다.' '적어도 저한테 글재주는 있

---

202) 미셸 제바코의 소설 주인공—옮긴이.

습니까?' '아니다. 위대한 작품들이 글재주에서 나온다고 생각하느냐?' '주님, 제가 그렇게 형편없다면 어떻게 책을 쓸 수 있겠습니까?' '배우면 된다.' '그렇다면 누구라도 글을 쓸 수 있습니까?' '누구라도 쓸 수 있지. 그렇지만 나는 너를 선택했다.'"[203]

그 후 어린 사르트르는 죽음의 문제를 발견한다. 현기증과 공포가 찾아온다. 그러나 그는 곰곰이 생각한다. 재능이 이루어지고 인간이 책으로 바뀌어 다시 태어나려면 반드시 죽음이라는 과정을 거쳐야 한다. "내 무덤 위에서 내려다보니 나의 탄생은 필요악처럼, 나의 변모를 준비하는 매우 일시적인 구현처럼 보였다. 다시 태어나기 위해 글을 써야만 했다."[204]

그는 자신을 번데기에 비유한다. 번데기가 터지는 날, 나비들이 나와 국립도서관의 서가에 앉을 것이다. 물론 그 나비들은 수천 페이지들을 펄럭이는 책이다. 따라서 그는 자신이 무척 오래 살도록 예정되었다고 믿는다. 성령은 그에게 긴 호흡의 작품 한 편을 주문했다. 그것을 완수하기 전에는 그가 죽도록 내버려두지 않을 것이다. 그의 친구들 · 동료들은 삶을 만끽한다. 왜냐하면 언제라도 사고로, 질병으로 죽을 수 있다는 것을 알기 때문이다. 그러나 사르트르의 운명은 이미 정해졌다. 그는 이미 죽은 것

---

203) 앞의 책, 101쪽.
204) 앞의 책, 105쪽.

이나, 다시 말해 불멸에 자리를 잡은 것이나 다름없다.

"나는 위대한 죽음의 과거를 미래로 선택했고, 거꾸로 살기를 시도했다. 아홉 살과 열 살 사이에 나는 완전히 사후 인간이 되었다."[205]

요컨대 사르트르는 자신의 문학 소명을 종교의 전사轉寫처럼 설명한다. 어린 시절의 환상에서 깨어난 그는 이렇게 결론짓는다. "나는 투자를 중단했지만 환속하지는 않았다. 여전히 글을 쓰고 있다. 달리 무엇을 하겠는가?"[206]

"달리 무엇을 하겠는가?" 이것은 베케트의 대답이기도 했다.

글을 쓸 필요에 대해 자문하고 글쓰기가 살아갈 이유를 제공하는지 질문하는 것은 우리를 겁먹게 만든다. 우리는 주변만 빙글빙글 돌 수도 있다. 자신을 불태우는 것이 겁나는 것처럼. "달리 무엇을 하겠는가?" 어쩌면 이것이 논쟁을 마무리 짓는 최후의 말일지도 모르겠다.

---

205) 앞의 책, 108쪽.
206) 앞의 책, 138쪽

백세 작가가 읽어주는 책의 맛

올해 나이 아흔 일곱, 한 세기를 책과 더불어 살아온 작가 로제 그르니에를 어떻게 소개할까? 알베르 카뮈 · 로맹 가리 · 파스칼 피아 · 클로드 루아 · 이오네스코 · 훌리오 코르타자르… 등 가깝게 지내던 친구와 동료 들을 모두 떠나보낸 그는 마치 북적이던 축제가 끝난 곳에 홀로 남아 뒷정리를 하고 있는 사람 같다. 2013년에는 카뮈 탄생 백 주년을, 2014년에는 로맹 가리 탄생 백 주년을 기념하는 자리에서 그들의 작품세계를 얘기하고, 그들과 함께한 추억을 증언했다.

로제 그르니에는 작가이기에 앞서 기자였다. 알베르 카뮈의 추천으로 〈콩바〉 지에서 데뷔해 20년 넘게 기자로 활동했다. 카뮈가 편집장을 맡았던 〈콩바〉는 그가 "모든 것을 배운 세계"였다. 그곳에서 얻은 경험을 토대로 서른 살에 《피고의 역할》을 출간하면서 그는 작가가 되었고, 70년 가까이 왕성한 필력을 유지하며 사십여 편의 작품을 펴냈다. 장편소설과 단편소설·에세이·평론·영화시나리오 등 다양한 장르의 글을 써온 만큼 수상경력도 다채롭다. 1971년에는 작품 전체에 대해 '문인협회 문학대상'을 받았고, 1972년에는 《시네로망》으로 페미나 상을, 1975년에는 《물거울》로 아카데미 프랑세즈 단편소설 대상을 수상했으며, 1985년에는 전 작품에 대해 아카데미 프랑세즈 대상을, 1987년에는 《알베르 카뮈, 태양과 그늘》로 알베르 카뮈 상을 받았다. 그리고 《내리는 눈을 보라》(1992)로 노방브르 상을, 《율리시즈의 눈물》(1998)로 '3천만 동물 친구들을 위한 재단' 문학상을, 《순간포착》(2007)으로는 편집자상을 수상했다. 장편소설 《겨울궁전》과 《시네로망》도 대중으로부터 큰 사랑을 받았지만, 그는 "프랑스의 체호프"라고 불릴 만큼 특히 단편소설 분야에서 대가로 손꼽힌다.

또한 로제 그르니에는 작가들의 초상을 대단히 섬세하게 그려내는 평론가로도 인정받는다. 클로드 루아(《클로드 루아》)·안톤 체호프(《내리는 눈을 보라》)·스콧 피츠제럴드(《새벽 세 시》)·알베르 카뮈(《알베르 카뮈, 태양과 그늘》)·파스칼 피아(《파스칼 피아 또는 죽음의 권리》)에 관한 책을 썼고, 로맹 가리(《로맹 가리 읽기》)와 프루스트(《프루스트와 그의 친구들》)에 관한 공동저작을 펴내기도 했다.

어려서부터 책에 코를 박고 산 독서광이었던 그는 1963년부터 지금까지 갈리마르 출판사의 편집위원으로 일하며 세기의 숱한 지성들과 교류해온 편집자이기도 하다. 그가 모르는 작가가 없고, 읽지 않은 책이 없다고 말해도 과언이 아니다. 그는 50년 넘게 매일 아침 몇 백 미터를 걸어서 출판사로 출근해왔고, 지금도 그 걸음을 멈추지 않고 있다. 백세를 코앞에 두고도 여전히 글을 쓰고 원고를 읽는 그를 사람들은 "지칠 줄 모르는 청년작가", "프랑스 문단의 살아 있는 역사"라고 부른다.

2011년에 출간된 이 책에서 저자는 아홉 개의 주제, 아홉 가지 각도로 글쓰기와 책에 대해 이야기한다. 미디어를 점령한 사회 뉴스와 문학의 관계를 짚어보고, 여러 문학작품이 그리는 기다림에 주목하며 글쓰기가 시간과 맺는 관계도 살핀다. 그리고 자기 모순에 빠질 권리와 떠날(죽을) 권리에 대해, 작가의 사생활에 대해 성찰하고, 기억과 소설의 관계에도 주목한다. 문학의 해묵은 주제인 사랑도 빠뜨리지 않고, 작가들에게 미완성작품과 마지막 작품이 어떤 의미를 갖는지 살피고, 글을 쓰는 이유와 글을 쓰려는 욕구에 대해서도 성찰한다. 그의 펜 아래 어마어마한 작가들이 줄지어 불려 나온다. 스탕달 · 플로베르 · 카뮈 · 도스토옙스키 · 프루스트 · 체호프 · 베케트 · 멜빌 · 피츠제럴드 · 버지니아 울프 · 헨리 제임스 · 카프카 · 보들레르 · 포크너 · 발레리 · 헤밍웨이 · 사르트르 · 파묵 · 페나크 · 무질…. 분량은 그리 많지 않지만 등장하는 저자와 작품의 무게만으로 이 책은 상당히 묵직하다. 그러나 이 노작가의 해박함은 위압적이지 않다. 그의 문체는 과시적이지 않고 소박하며 섬세하고 깊이가 있다.

화가의 전기는 그가 본 모든 그림이 말해주고, 작가의 전기는 그가 읽은 모든 책이 말해준다. 한평생 책을 읽어온 작가의 방대한 독서 이력이 고스란히 담긴 이 책은 그의 전기나 다름없다. 그러므로 이 책을 읽는 독자는 백세 작가가 이끄는 대로 풍성하고 깊이 있는 독서를 하게 될 뿐 아니라 그의 삶까지도 읽게 될 것이다.

이 책의 원제는 "Le Palais des livres"이다. 다른 언어와 달리 프랑스어 'palais'에는 두 가지 의미가 있다. "왕궁·궁전"이 첫째 의미이고, "입천장·미각"이 둘째 의미이다. 제목을 "책의 궁전" 혹은 "책의 전당"이라 하지 않고 '책의 맛'이라 옮긴 건 '궁전'이나 '전당'이 갖는 위압적인 이미지가 책에 대한 저자의 생각과 썩 어울리지 않는 것 같아서이다. 저자가 이 단어를 첫째 의미로 쓴 건 분명해 보인다. 하지만 프랑스어 'palais'는 법원이나 도서관처럼 공공건물까지 내포하지만, 우리말 '궁전'이나 '전당'은 보통사람이 범접하기 힘든 담장 높은 공간의 느낌이 더 강하기에, 나는 이 책의 제목을 '책의 맛'으로 옮겼다.

2016년 11월

백선희

책의 맛

첫판 1쇄 펴낸날 2016년 12월 7일
첫판 2쇄 펴낸날 2017년 3월 20일

지은이 | 로제 그르니에
옮긴이 | 백선희
펴낸이 | 박남희

종이 | 화인페이퍼
인쇄·제본 | 한영문화사

펴낸곳 | (주)뮤진트리
출판등록 | 2007년 11월 28일 제318-2007-000130호
주소 | 서울시 마포구 토정로 135 (상수동) M빌딩
전화 | (02)2676-7117 팩스 | (02)2676-5261
전자우편 | geist6@hanmail.net
홈페이지 | www.mujintree.com

ⓒ 뮤진트리, 2016

ISBN 978-89-94015-92-7 03860

* 책값은 뒤표지에 있습니다.